Erich Weidinger (Hg.)

# Schlauer als die Angst

**Bibliografische Information der Deutschen Nationalbibliothek**

Die Deutsche Nationalbibliothek verzeichnet diese Publikation
der Deutschen Nationalbibliografie;
detaillierte bibliografische Daten sind im Internet
unter http://dnb.d-nb.de abrufbar.

**Neue Rechtschreibung**

© 2018 by Obelisk Verlag, Innsbruck Wien

Lektorat: Philipp Rissel

Cover: h.o. pinxit

Druck und Bindung: Finidr, s.r.o. Český Těšín, Tschechien

ISBN 978-3-85197-873-5

**www.obelisk-verlag.at**

Erich Weidinger (Hg.)

# Schlauer als die Angst

9 Kurz-Krimis

Obelisk Verlag

# Inhalt

BEATE MAXIAN UND JEFF MAXIAN

# Blut an der Wand

Schon die unerträgliche Busfahrt von Seewalchen am Attersee in Oberösterreich nach Wien zur Landschulwoche glich einer unheilvollen Warnung.

Es regnete in Strömen, die Temperaturen lagen im Keller und selbst im Bus herrschte Eiseskälte, weil die Heizung ausgefallen war. Dass die Professoren ein Quartier außerhalb von Wien und nicht direkt in der Bundeshauptstadt ausgewählt hatten, trug bei den 24 Schülern und Schülerinnen nicht gerade zur Verbesserung der Stimmung bei.

„Der öde Bus ist eine Zumutung, echt Sparschiene", raunzte Samy.

„Klar, mit uns Schülern kann man's ja machen", schob Basti nach.

„Und beim Schülerheim geht das Sparen weiter. Nicht nur, dass wir nicht in Wien wohnen, schaut euch nur die alte Hütte an", mengte sich nun auch Lorenzo ein und zeigte auf das Prospekt, das die Schüler vor einer Woche in die Hand gedrückt bekommen hatten. Zusammengenommen waren das alles dunkle Vorzeichen dafür, dass die Reise unter keinem guten Stern stand.

„Eine ganze Woche in einem Schülerheim ohne ein Shoppingcenter in der Nähe, da hätten wir doch gleich zu Hause bleiben können", nörgelten die Mädchen in der Reihe vor ihnen. Die Burschen grinsten. Dass es kein Einkaufszentrum gab, war ihnen ziemlich egal.

Samy hieß eigentlich Samuel Weber. Er war vor wenigen Tagen 13 Jahre alt geworden und somit der älteste der ganzen Klasse. Er war ein intelligenter, witziger, aber zugleich vorlauter Schüler, behaupteten jedenfalls die Lehrer. Er selbst hingegen bezeichnete sich als ideenreich.

Basti, Sebastian Wagner, und Lorenzo, Lorenz Hammer, waren beide 12 Jahre alt und ähnelten im Wesen ihrem Freund Samy. Wenngleich Basti ein eher ängstlicher und Lorenzo im Gegensatz dazu ein „Scheiß-mich-nichts" - Typ war. Gemeinsam bildeten sie ein Triumvirat an Freundschaft und Verschwiegenheit. Nicht immer leicht für ihre Lehrer.

Nach drei Stunden Fahrt kamen sie am späten Nachmittag endlich an. Die Professoren wiesen sie an, sich im Speiseraum im Erdgeschoß zur Einteilung der Zimmer zu versammeln. Die Mädchen scharten sich um ihre Professorin Renate Weiß. Weissi, wie sie von den Schülern genannt wurde, unterrichtete Mathematik und Physik.

Sie war 29 Jahre alt und damit die jüngste Lehrerin der Schule, zudem attraktiv, agil und sehr beliebt. Selbstverständlich erlaubte sie Conny, eigentlich Cornelia Weber und die Zwillingsschwester von Samy, mit ihrer Freundin zusammen in einem Zimmer zu wohnen. Die beiden hatten ein gemeinsames Hobby: Selfies mit Freunden. Die beiden waren echte Smombies, starrten ständig auf ihr Handy.

Die Burschen wiederum versammelten sich um Professor Mario Mayer.

„Ist es eh klar, dass ich mir mit Basti und Lorenzo ein Zimmer teile?", meldete sich Samy eher bestimmend als fragend zu Wort.

Lorenzo warf einen Blick auf eine mit Bleistift geschriebene Zimmerliste, die vor Professor Mayer lag. Er tippte mit dem Finger auf einen bestimmten Punkt. „Da, das ist schon richtig, Herr Professor. Lorenzo und Basti, aber der Samuel Weber gehört auch noch zu uns."

Die Augenbrauen des Lehrers wanderten skeptisch nach oben. Im Nu redeten die Schüler abwechselnd auf Mayer ein, weil sie ahnten, was dies bedeutete.

„Ruhig, ruhig, Ruhe", ermahnte der Professor die drei Jungs, im ansteigenden Tonfall, weil auch die Burschen immer lauter wurden. Der drahtige 62-Jährige wirkte mit seinen langen grauen Haaren und seiner legeren Kleidung nicht unbedingt wie eine Autoritätsperson. Er war auf der einen Seite ein ruhiger und gemütlicher Typ und andererseits auch fahrig und gedankenverloren, was Verhandlungen mit ihm, etwa über Noten, schwierig machte. Er unterrichtete Geschichte, Deutsch und Turnen und war bei den Schülern ebenso beliebt wie die Weissi.

Der Professor legte nun den Stift zur Seite, lehnte sich im Stuhl zurück und blickte den drei Freunden ernst in die Gesichter. „Ihr drei wollt also wieder einmal zusammen ein Zimmer beziehen." Seine Augen verengten sich. „Ich weiß nicht, ob das so eine gute Idee ist. Ich sag nur Schikurs."

Die drei Freunde konnten sich ein Grinsen nicht verkneifen. Ihr Streich war in die Geschichte der Schule eingegangen. Sie hatten beim letzten Schikurs in einem der Mädchenzimmer eine Stinkbombe deponiert. Das hatte zwar zur Folge, dass sie die Reinigung des Zimmers bezahlen mussten, weil sich der Gestank bis ins Mauerwerk gefressen hatte. Aber der Anblick der Mädchen, als diese das Zimmer betraten, war legendär.

„Keine Streiche!"

„Keine Streiche", versprachen die drei wie aus einem Mund.

Der Professor seufzte laut, suchte in seiner Jeanshose nach etwas, ohne die Burschen aus den Augen zu lassen, und holte schließlich mit einer ruckartigen Bewegung einen Radiergummi hervor. Dabei warf er das vor ihm stehende Wasserglas um. Samy, der direkt am Tisch lehnte, bekam die volle Ladung ab. Sein Shirt und seine Hose waren klatschnass. Ein derartiges Malheur passierte dem Lehrer nicht zum ersten Mal. Nicht umsonst nannten in die Schüler Schusselmayer. Er entschuldigte sich bei Samy.

„Ich wollte eh heute noch duschen", grinste Samy und

ergriff die Gelegenheit beim Schopf. Schusselmayer war damit beschäftigt, den Tisch trocken zu wischen.

„Also passt das jetzt mit uns dreien im Zimmer? Dann gehe ich nämlich gleich rauf, duschen und umziehen."

Professor Mayer nickte und besserte die Zimmeraufteilung aus. Mit misstrauischem Blick drückte er Samy den Zimmerschlüssel in die Hand. „Zimmer 22 im zweiten Stock. Direkt neben dem Lehrerzimmer. Big Brother is watching you." Jetzt grinste der Lehrer und die Freunde seufzten laut.

„Das wird schlimmer als im Gefängnis", brummte Lorenzo.

„Warst du schon mal dort?", fragte Schusselmayer.

Lorenzo schüttelte verneinend den Kopf und Samy zog ihn am Ärmel.

„Lass dich auf keine Diskussion ein", zischte er, weil er sah, dass der Lehrer zu einem Vortrag anhob. Blitzschnell wandten sich die drei Freunde um, wollten loslaufen, als sie die Stimme des Professors einbremste. „Und wenn ihr euch aufführt, nicht die Nachtruhe einhaltet, wird die Runde aufgelöst. Ist das klar?" Er sah streng von einem zum anderen.

„Wann beginnt die Nachtruhe?", fragte Lorenzo.

Professor Mayer erhob nun seine Stimme, damit es alle hören konnten.

„Um 18:00 Uhr treffen wir uns im Speisesaal. Nach einem Vortrag und Überblick über unser Wochenprogramm gibt es Abendessen. Um 22:00 Uhr wird das Licht abgedreht, geweckt wird um 7:00 Uhr, Frühstück um 7:30 Uhr, Abfahrt um 8:30 Uhr."

„Und wie sieht es mit der Toleranz-Nachtruhe aus? 23:00 Uhr?", fragte Samy. Anstatt ihm eine Antwort zu geben, fuhr der Professor fort, die Zimmerschlüssel auszuteilen.

Das Schülerheim war ein zweistöckiger Zweckbau aus den 1960er-Jahren, in dem Platz für zwei Schulklassen war. Die Mädchen wohnten im ersten, die Buben im zweiten Stock. Jeweils vom mittigen Stiegenaufgang ausgehend gab es links und rechts eine Zimmerflucht. Mit je sechs Zimmern, sparsam ausgestattet mit vier Betten, einem Tisch und vier Stühlen vor dem Fenster. Am Beginn der Zimmerflucht lagen die Lehrerzimmer. Sie waren im Gegensatz zu den Schülerzimmern mit einem eigenen Badezimmer versehen.

Vor dem Abendessen mussten die Schüler den langweiligsten Vortrag, den sie je gehört hatten, über sich ergehen lassen. Professor Mayer erzählte uninteressantes Zeug über die Geschichte Wiens. Das einstündige Referat hatte er in Stichworten auf Zetteln vorbereitet, die ihm immer wieder aus der Hand rutschten. Dadurch verlor er den Faden, was es noch schwieriger machte, ihm zu folgen. Doch zum Glück konnte man Schusselmayer rasch aus dem Konzept bringen. Darin waren die Kinder geübt. Samy gab das Kommando.

„Ist dieser Marc Aurel echt wichtig?"

„Kaisergruft? Da modern ja nur alte Kaiser vor sich hin!"

„War der liebe Augustin damals so eine Art Popstar, war der cool?"

Die Fragen prasselten nur so auf den Professor ein. Er versuchte sie zu beantworten, kam aber nicht dazu, weil schon die nächste Frage gestellt wurde. Sein Vorhaben verlor er gänzlich aus den Augen und brach den Vortrag vorzeitig ab.

Erst als Frau Professor „Weissi" einen Überblick übers Wochenprogramm abgab, war die Aufmerksamkeit wieder halbwegs da. Ein Spaziergang durch die Innenstadt mit Besichtigung des Stephansdoms und anderer historischer Sehenswürdigkeiten, das Schloss Schönbrunn und der Tiergarten, Museen und eine Wanderung durch den Wienerwald zur Hermesvilla standen auf dem Plan. Doch kein Besuch im Wiener Prater mit Wachsfigurenkabinett und Fahrten in der Hochschaubahn und dem Autodrom. Die Begeisterung hielt sich in Grenzen.

Nach dem Abendessen mit matschigen Spaghetti und einem wässrigen Ragout hatten die Schüler Freizeit. Die Tischtennis- und Billardtische im Raum hinter dem Speisesaal wurden gestürmt. Im TV-Raum wurde ein Harry-Potter-Film mittels Beamer auf eine große Leinwand übertragen. Einige Schüler zog es auf ihre Zimmer. So auch Samy, Basti und Lorenzo, die sich mit ihren Laptops und Eistee bewaffnet auf ihren Betten niederließen. Chat und Videospiele waren angesagt. Dabei fiel ihnen gar nicht auf, wie die Zeit verging.

„Burschen, es ist gleich Nachtruhe!" Schusselmayer steckte den Kopf kurz vor zehn Uhr zur Tür herein, nachdem er zuvor angeklopft hatte.

„Aber ich war noch gar nicht im Badezimmer", sagte Basti.

„Das Essen war so grauslich, ich habe noch Hunger Herr Professor", kam es von Lorenzo.

„Warum wurden wir in dieses Loch außerhalb des Stadtlebens einquartiert?", fragte Samy.

„Also, dann schnell ins Badezimmer. Lorenzo, du holst dir noch schnell eine Wurstsemmel aus der Küche. Nur, damit ihr es wisst: Die Quartiere in Wien sind zu teuer. Und jetzt bitte, Tempo!"

Sie trödelten noch eine Weile herum, doch nach zwanzig Minuten wurde es Schusselmayer zu bunt und er trieb sie ins Bett.

„Herr Professor, kann man für etwas bestraft werden, was man nicht gemacht hat?", fragte Samy, bevor der Professor die Tür schließen konnte.

„Natürlich nicht!"

„Gut, ich habe meine Hausaufgabe nicht gemacht!"

Basti und Lorenzo bogen sich vor Lachen. Schusselmayer rollte genervt mit den Augen. Doch Samy kam in Fahrt.

„Wie nennt man einen schreienden Bären, der auf einer Kugel sitzt?"

„Wie?"

„Kugelschreibär."

Wieder brüllten Samys Freunde vor Lachen.

„Jetzt ist aber Ruhe", ermahnte sie Schusselmayer streng. „Ich kann euch auch nach Hause schicken, wenn ihr euch nicht ordentlich benehmt. Ich bin der Klassenvorstand, ich hab die Macht, das wisst ihr", drohte er und schloss die Tür.

„Ab jetzt im Flüsterton", befal Samy. Denn ans Schlafen dachten sie nicht. Doch Schusselmayer hörte jedes Geräusch und tauchte zu ihrem Leidwesen noch drei Mal auf. Zuletzt war er gegen Mitternacht bei den Jungs. Danach warteten sie eine Weile schweigend. Als sie sich sicher waren, dass der Lehrer schlief, plauderten sie munter weiter. Doch plötzlich knallte es laut. Die Freunde erschraken. Ihre Herzen schlugen ihnen bis zum Hals.

„Das war nebenan, beim Schusselmayer", sagte Lorenzo.

„Da ist sicher nur ein Stuhl umgefallen", beruhigte Samy. Doch sein ängstlicher Blick verriet, dass er sich da nicht so sicher war. Auch die anderen beiden waren blass geworden.

„Das klang, als wäre etwas Schweres auf den Boden geknallt", meinte Basti.

„Aber was könnte das gewesen sein?", fragte Samy besorgt.

„Psst", machte Basti. „Lasst uns erst einmal horchen."

Sie pressten ihre Ohren an die Wand und versuchten, irgendein Geräusch wahrzunehmen. Doch da war plötzlich nichts mehr außer einer bedrohlichen Stille.

„Vielleicht ist der Schusselmayer aus dem Bett gefallen?", schlug Lorenzo vor.

„Glaub ich nicht, das klang anders", sagte Samy und schwang sich aus dem Bett. „Da ist etwas passiert."

„Was hast du vor?", fragte Basti.

„Ich geh rüber und schau nach."

„Bist du verrückt, der Schusselmayer schickt uns heim. Der ist zwar gutmütig, aber ich trau ihm zu, dass er ernst macht."

In dem Moment hörten sie, wie sich die Tür vom Zimmer nebenan leicht knarrend öffnete. Samy blieb erstarrt am Bettrand sitzen. Auch Basti und Lorenzo saßen mit angehaltenem Atem in ihren Betten. Aus dem Nebenraum drangen schwere Schritte durch die Wand. Dann stieß etwas gegen die Mauer. Erschrocken fuhren die drei zusammen. Samys Blick wanderte zum Fenster. Draußen herrschte absolute Dunkelheit. Dann plötzlich, ein Schleifgeräusch. Da wurde eindeutig etwas über den Boden gezogen, begleitet von einem unheilvollen Brummen. Dem folgte wieder diese bedrückende Stille und irgendwie fühlte es sich um ein paar Grad kälter an im Zimmer. So, als wäre der Tod an ihrer Tür vorbeigekommen. Die Angst lähmte die drei Burschen. Ein Motorengeräusch unterbrach die Stille.

„Ein Auto", zischte Basti.

„Danke fürs Update, Basti, aber das hören wir auch", zischte Lorenzo zurück.

Es hörte sich an, als führe es vor dem Schülerheim vor. Es musste beim Haupteingang stehen geblieben sein, der lag direkt unter ihrem Fenster. Doch keiner der drei traute sich, nachzusehen. Der Motor lief. Autotüren wurden zugeschlagen. Dann fuhr es ab. Ziemlich rasant. Die Schüler wagten noch immer nicht, sich zu bewegen, sondern starrten ängstlich ins Leere.

Es war Basti, der als Erster seine Stimme wiederfand. „Ich sage euch, da ist etwas passiert nebenan. Was machen wir jetzt?"

„Einmal abwarten, ob noch irgendetwas kommt", schlug

16

Lorenzo vor. „Vielleicht will Schusselmayer uns ja nur testen, ob wir eh in unseren Betten bleiben."

„Das macht der nicht", wiedersprach Samy. „Wir sollten nachsehen."

„Was ist, wenn er tot ist?", fragte Basti.

„Warum sollte er tot sein?", stellte Lorenzo eine Gegenfrage.

„Weil es sich angehört hat, als schleife jemand eine Leiche über den Boden", sprach Basti aus, was ihnen allen durch den Kopf gegangen war.

„Was ist mit dem Auto?"

„Das war sein Mörder, der abgehauen ist", schlug Basti vor.

Zehn Minuten später hielt es Samy nicht mehr aus. Er holte seine Taschenlampe aus dem Rucksack und ging zur Tür.

„Sei leise und mach auf gar keinen Fall das Licht an", flüsterte Basti mit zitternder Stimme. Nun stieg auch Lorenzo aus dem Bett.

So leise wie möglich öffnete Samy die Tür. Hinter ihm stand nun Lorenzo. Basti blieb im Bett liegen, zog sich die Decke über den Kopf. Vorsichtig spähten sie den Gang entlang. Samy sah nach rechts und Lorenzo nach links. Der Flur lag im Dunkeln.

Lorenzo stieß Samy in die Seite. „Da, die Tür zum Lehrerzimmer ist nicht geschlossen. Nur angelehnt."

Samy wagte es nicht, seine Taschenlampe einzuschalten. Lorenzo deutete ihm, zu folgen. Auf leisen Sohlen schlichen sie Richtung Zimmer. Mit der Spitze seines Zeigefingers schob Samy die Tür auf. Sie knarrte leise. Die beiden hielten kurz inne, dann blickten sie zeitgleich in das Schlafzimmer. Kalter Wind pfiff durch das sperrangelweit geöffnete Fenster. Das fahle Licht der Straßenlaternen beleuchtete den leeren, jedoch verwüsteten Raum. Ein zerbrochenes Wasserglas lag auf dem Holzfußboden, daneben lag ein umgestürzter Stuhl. Der Wasserkrug auf dem Tisch war umgekippt, eine Wasserlache hatte sich rundherum gebildet. Aber da war noch etwas. Ein dunkler Fleck am Fußboden, der sichtbar nicht vom Wasser herrührte. Lorenzo nahm Samy die Taschenlampe aus der Hand, schaltete sie ein und leuchtete den Holzboden ab. Fassungslos starrten die Burschen auf die Stelle. Das war eindeutig Blut. Frisches Blut.

„Da auch", krächzte Samy und zeigte auf einen zweiten Blutfleck am Boden.

„Und da!" Lorenzo leuchtete auf einen roten Fleck an der Wand. Das war eindeutig der Abdruck einer Hand.

„Lass uns abhauen", schlug Samy vor.

„Puh", kam es plötzlich von hinten.

Die beiden wirbelten erschrocken herum. Das Herz rutsche ihnen in die Hose.

Doch vor ihnen stand zum Glück nur Basti.

„Du bist ein Idiot", riefen Samy und Lorenzo wie aus einem Mund.

„Was ist los? Ihr seht aus, als hättet ihr ein Gespenst gesehen."

Flüsternd klärten sie ihren Freund auf.

„Nicht schon wieder eine Stinkbombe?", hörten sie noch eine Stimme.

Samy presste Basti rasch die Hand auf den Mund, weil er laut aufschrie.

„Conny!", zischte Lorenzo aufgeregt. „Du hast uns erschreckt. Was machst du denn hier?"

Samys Zwillingsschwester hielt ihr Handy in die Höhe und filmte.

„Ich hab ein Geräusch gehört und dachte, dass ihr wieder etwas ausheckt und wollte das dokumentieren." Sie zeigte mit der freien Hand auf ihr Handy.

„Was ist hier los? Ihr seid ja kreidebleich." Sie schwenkte ihr Telefon von einem zu anderen.

„Hör auf!" Lorenzo schlug nach Connys Hand. Sie steckte das Handy ein. Mit einer Kopfbewegung gab er den anderen zu verstehen, dass sie zurück ins Zimmer gehen sollten. Samy schnappte seine Schwester am Ärmel ihres Nachthemdes und zog sie mit sich. Dort weihten sie Conny ein.

„Wahnsinn, das ist doch Wahnsinn. Um Gottes willen", lamentierte sie aufgeregt. „Wir müssen sofort die Weissi holen."

„Erst müssen wir wissen, was passiert ist", sagte Samy.

„War da ein Mörder? Hat jemand Schusselmayer umgebracht?" Basti zitterte.

„Keine Ahnung. Aber es sieht nach einem Verbrechen aus", ergänzte Lorenzo.

Zurück im Zimmer der Jungs sperrten sie erst die Türe ab und beruhigten sich dann ein wenig. Sie machten kein

Licht und unterhielten sich lediglich im Flüsterton. Auf Samys Bett sitzend zogen sie die Bettdecke wie ein Zelt über ihre Köpfe. So fühlten sie sich sicherer.

„Wenn der Schusselmayer tatsächlich ermordet wurde, dann hat der Mörder ihn aus dem Zimmer geschleift und dabei womöglich mit der blutigen Hand die Wand berührt", schlussfolgerte Lorenzo. „Und am Ende hat er ihn ins Auto verfrachtet."

„Wahrscheinlich hat ihn jemand erschlagen", meinte Basti.

„Wie kommst jetzt da drauf?", fragte Samy.

„Ich meine wegen dem Blut am Boden", verteidigte sich Basti.

„Habt ihr die Tatwaffe gesehen?", fragte Conny.

Die drei Burschen sahen sie fragend an. „Schauen wir aus wie Samy und die Detektive?", fragte ihr Bruder zynisch.

Conny zog ihm eine Grimasse. „Dann benehmt euch auch nicht so. Erschlagen, Meisterdetektiv Basti."

„Was schlägst du vor?"

„Wir holen jetzt die Weissi."

„Das sagtest du schon", knurrte Samy. „Und nein, auf gar keinen Fall."

„Warum?"

„Weil … weil … ach, weil's halt so ist und ich der Ältere bin."

„Du bist zwei Minuten älter", entgegnete Conny. „Das ist keine Leistung."

„Der Mörder muss einen Komplizen haben", unterbrach

Lorenzo den Streit. „Erinnert euch, das Auto, das fährt sich nicht von allein hierher."

Sie begannen zu überlegen. Hatte Professor Mayer Feinde? Welche? In welchen Kreisen hatte er sich bewegt? Sie wussten nur, dass er gerne Rockmusik hörte und Rockkonzerte besuchte. Er hatte ihnen einige Male davon erzählt.

„Leck im Zeppelin oder wie die heißen", sagte Samy.

„Led Zeppelin", verbesserte ihn Conny. „Die Band heißt Led Zeppelin, nicht Leck im Zeppelin."

„Klugscheißerin", knurrte Samy.

„Aber Drogen hat er keine genommen", unterbrach diesmal Basti das Gezänk. „In dieser Szene ist er nicht zu Hause, dafür betreibt er zu viel Sport. Der ging doch regelmäßig ins Fitnesscenter."

„Ihr seid doch Samy und die Detektive", lachte Conny. „Und du, Basti, glaubst, dass ihn die Drogenmafia kalt gemacht hat."

„Könntest du das bitte ernst nehmen", ermahnte sie Lorenzo.

„Mir wird das hier zu blöd, ich hol jetzt die Weissi." Rasch kroch sie unter der Decke hervor und verschwand. Samy wollte sie aufhalten, doch Conny war schneller. Die drei Freunde wollten noch rasch einige Dinge besprechen, bevor Conny mit der Lehrerin im Schlepptau zurückkam. Wenn sie Schusselmayer am Boden liegend gefunden hätten, dann hätten sie umgehend Hilfe geholt. Aber so? Er war nicht da und sie wollten nicht Alarm schlagen, ohne mehr zu wissen. Sicher rief die Weissi umgehend die

Polizei, die dann alle Schüler vernehmen würde.

„Seine Frau ist vor einem Jahr gestorben", sagte Lorenzo. „Krebs hat es geheißen, vielleicht wurde sie ja auch umgebracht?"

Die Tür flog auf. „Die Weissi ist auch weg", rief Conny. „Ich hab sie überall gesucht."

„Ein zweites Opfer", hauchte Samy entgeistert.

Was sollten sie jetzt tun? Endlich die Polizei rufen?

In dem Moment hörten sie ein Auto näherkommen. Wieder blieb es vor dem Haupteingang stehen. War der Mörder zurück an den Tatort gekommen und holte jetzt die Leiche der Weissi? Was nun? Der Motor lief noch immer. Eine Autotür wurde geöffnet, danach zugestoßen. Samy nahm all seinen Mut zusammen und schlich zum Fenster. Vorsichtig lugte er nach unten. Doch er sah lediglich, wie der Wagen abfuhr.

„Was siehst du?", fragte Lorenzo.

„Ein Taxi."

Die Haustür schlug zu. Jemand kam die Treppe hoch. Schritte näherten sich ihrem Zimmer.

„Wir bleiben hier, bewegen uns nicht vom Fleck", bestimmte Samy.

War der Mörder zurückgekommen, um Spuren zu verwischen? Hatte er etwas am Tatort vergessen? Oder war er gekommen, um sein nächstes Oper zu holen?

„Ich hab erst letztens einen Film gesehen, da hat ein Mörder eine ganze Reisegruppe in einem Hotel umgebracht", flüsterte Conny. „Erst der Schusselmayer, dann die Weissi und jetzt …"

„Danke", unterbrach Lorenzo. „Das ist echt hilfreich, Conny. Jetzt fühlen wir uns alle gleich viel besser."

Sie horchten angestrengt. Es war wieder ruhig, auch aus dem Nebenzimmer kam kein Geräusch. Dann hörten sie Stimmen, leise, flüsternd, deshalb konnten sie nicht orten, woher sie kamen. Samy legte sein Ohr an die Tür, um besser hören zu können. In dem Moment bewegte sich die die Türklinke langsam nach unten. Samy sprang nach hinten weg. Atemlos blickten sie auf die Tür, die sich wie in Zeitlupe öffnete. Das Licht ging an. Basti und Conny schrien auf. Fassungslos starrten sie auf die Personen im Türrahmen.

„Professor Schusselmayer", krächzte Lorenzo.

Ihr Klassenvorstand blickte erstaunt und fragend in die Runde. Ein Verband umwickelte seinen Kopf.

„Was ist los? Was macht ihr hier?", fragte er und sah dabei Conny an.

„Das würde mich auch interessieren." Hinter Schusselmayer tauchte die Weissi auf.

„Was haben Sie da am Kopf?" Samy zeigte auf die Bandage.

„Das ist ein Verband, Samy", antwortete der Professor, als rede er mit einem Dreijährigen.

„Ich weiß …"

„Warum fragst du dann?"

Die vier berichteten abwechselnd, was die letzten Stunden passiert war. Natürlich verschwiegen sie, dass sie sich vor Angst fast in die Hose gemacht hatten.

„Die haben sich gefürchtet wie Kindergartenkinder",

machte Conny ihr Vorhaben zunichte. Die Burschen warfen ihr einen bösen Blick zu.

Schusselmayer grinste und erzählte. Ihm war plötzlich schwindelig geworden, deshalb hatte er das Fenster aufgerissen, um frische Luft ins Zimmer zu bekommen.

Dann hatte er sich wieder an den Schreibtisch gesetzt, um einen Schluck Wasser zu trinken und ist mitsamt dem Stuhl zur Seite gestürzt. Dabei hatte er sich fest am Kopf geschlagen und stark geblutet. Zuerst hatte er mit seiner Hand die Wunde gehalten, dann mit einem Handtuch. Damit er nicht noch über seinen Koffer stürzte, hatte er ihn unter das Bett geschoben.

„Das Schleifgeräusch", schlussfolgerte Samy.

Er sei dann noch immer leicht benommen die Stiegen nach unten gestolpert. Dabei habe er mehrmals das Gleichgewicht verloren. Im Foyer traf er auf die Weissi, die die Haustüre zusperrte. Sie hatte ein Taxi gerufen und war mit ihm ins Spital gefahren.

„Ich hab in meinem Zimmer einen Zettel am Bett hinterlegt", erklärte die Weissi. „Hast du den nicht gesehen, Conny, als du mich gesucht hast?"

Conny schüttelte den Kopf.

„Blindschleiche", zischte Samy. „Sie hätten ihr besser eine SMS geschickt, einen Zettel erkennt meine Schwester nicht auf den ersten Blick, im Gegensatz zu ihrem Handy, mit dem ist sie verwachsen."

„Ich bin nun mal kein Meisterdetektiv wie du", konterte Conny.

„Wie auch immer. Jetzt ist wieder alles in bester Ordnung. Die Platzwunde wurde in der Nachtambulanz genäht und ich bin wieder fit. Ich brauch nur noch ein bisschen Bettruhe. Der Schwindelanfall kam von einem Medikament, das ich, wie es scheint, irrtümlich zweimal genommen habe. Ja, ich weiß, echt Schusselmayer." Er lachte lauthals über sich selbst. Die anderen stiegen erleichtert in sein Lachen ein.

Als sie sich wieder beruhigt hatten, sagten Weissi und er gleichzeitig: „Und jetzt an alle, ab ins Bett und gute Nacht!"

ANDREAS GRUBER

# Zwei Tickets nach Sulina

Vor Wien schwoll die Donau zu einem mächtigen Fluss
an, der sich ruhig und gelassen – fast schon majestätisch –
durch die Stadt bewegte.

Die alte Frau mit den kleinen gewitzten Augen klemmte
sich ihren Spazierstock unter den Arm und ging neben der
Donaubrücke Stufe um Stufe zum Ufer hinunter, wo sie
sich zwischen den Weiden auf eine Bank setzte. Der Fuß-
marsch vom Hotel bis zu dieser Stelle war weit gewesen;
mittlerweile keuchte sie mit ihren sechsundsiebzig Jahren
bei jeder Bewegung, und ihre müden Knochen ächzten.
Doch dann saß sie endlich und betrachtete das blaue Wasser, in dem sich die aufgehende Sonne spiegelte. Eine Möwe
flog kreischend über die kleinen, sich kräuselnden Wellen.

Die Frau hätte nicht gedacht, noch einmal nach Wien
zu kommen. Diese Stadt zu sehen, in der sie als Mädchen

aufgewachsen war, und die so viele schöne, aber auch traurige Erinnerungen in ihr wachrief.

Sie schloss die Augen, die Sonne wärmte ihr Gesicht, und sie erinnerte sich an ihre letzten Stunden in Wien. *Damals, ja damals. Es war eine ereignisreiche Nacht in jenem Sommer 1953 gewesen …*

Didina zog sich die Decke über den Kopf, knipste die Taschenlampe an und faltete noch einmal den Brief auseinander, den sie vor zwei Tagen von Onkel Todor erhalten hatte. Dabei bewegte sie sich so leise wie möglich, um die anderen Kinder im Schlafsaal des Waisenhauses nicht zu wecken. Wurde es erst mal laut, kam auch schon die Aufseherin Frau Morwitzer – eine fürchterlich fette, hässliche und vor allem gemeine Frau, die einen Oberlippenbart wie ein Mann hatte –, und das bedeutete, dass Didina eine Woche lang nur altes Gemüse zum Abendessen bekommen würde.

*Meine Nachtschicht – meine Regeln – dein Pech,* hieß es dann.

Eigentlich kannte Didina den Brief schon längst auswendig, aber sie wollte ihn noch einmal lesen, denn für sie bedeutete er ihre einzige Hoffnung, von hier zu verschwinden.

*Liebe Didina, lieber Manole,*
*ich war fassungslos, als ich vom Tod eurer Mutter gehört habe. Der Unfall tut mir so leid. Ich hoffe, dieser Brief erreicht euch irgendwie. Falls ja, kommt zu mir nach Sulina. Leider kann ich euch kein Geld für die Reise*

*schicken. Ich weiß auch nicht, wie ihr es anstellt, Didina,*
*aber ich glaube an dich, du bist ein schlaues Mädchen,*
*dir fällt ein Weg ein.*
*Euer Onkel Todor, Mai 1953*

Es folgten Onkel Todors Adresse und seine Unterschrift.
Der Poststempel auf dem Kuvert war zwei Monate alt, so
lange war der Brief bereits unterwegs gewesen, bis er sie
endlich in dem Heim am Wiener Stadtrand erreicht hatte.
Didinas Vater war vor neun Jahren im Krieg gefallen und
ihre Mutter kürzlich bei einem Unfall in der Fabrik ums
Leben gekommen, den sie angeblich selbst verursacht
hatte, was Didina sich aber nicht vorstellen konnte. *Aber
das ändert nichts. Es ist, wie es ist!* Auch wenn sie die ersten
Wochen jeden Abend geweint hatte.

Jedenfalls war Onkel Todor, der Bruder ihrer Mutter,
dadurch zu ihrem letzten lebenden erwachsenen Verwand-
ten geworden. Und Didina wusste, er würde sie erwarten,
und so suchte sie bereits seit zwei Tagen nach einer Lösung
ihres Problems.

Gestern Nachmittag hatte Didina sich in der Bibliothek
eine Landkarte angesehen. Sulina lag an der Küste des
Schwarzen Meers in Rumänien, ihrem Heimatland. Von
Wien bis Sulina waren es aber knapp 1500 Kilometer. Eine
schier unmöglich zu bewältigende Strecke, wenn man erst
vierzehn Jahre alt war und kein Geld besaß, so wie sie.

Außerdem war da noch ihr kleiner Bruder Manole. Er
war erst neun. Zwar war sie selbst viel schlauer als andere

gleichaltrige Mädchen, doch was nützte das? Wie sollten sie ohne Geld von Wien nach Rumänien reisen? Dennoch hatte sie die Tortur in diesem Waisenhaus satt. Frau Morwitzers eiserne Strenge, und Ottos gemeine Wetten, mit denen der Portier die Kinder schikanierte. Sie *musste* weg! Und zwar *mit* ihrem Bruder. Und endlich hatte sie einen Plan geschmiedet.

Aber dazu musste sie sich erst einmal in den Jungentrakt schleichen, um Manole zu wecken. Außerdem war es von dort leichter abzuhauen, denn ihr Schlafraum hatte vergitterte Fenster, aber das Zimmer, in dem die kleinen Jungs schliefen, war ohne Gitter. *Versuche immer, zwei Fliegen mit einer Klappe zu schlagen,* hatte ihre Mutter ihr beigebracht. Genau das würde sie tun.

Didina knipste die Taschenlampe aus, faltete den Brief zusammen, steckte ihn ins Kuvert und ließ es in ihrer grauen Anstaltshose verschwinden, wo auch ihr Ausweis steckte. Sie hatte noch immer ihre ausgetretenen Schuhe mit den abgerissenen Schnürsenkeln an und bereits die Weste angezogen. Mehr besaß sie nicht – nur das, was sie am Leib trug, denn alles, was ihr die größeren Kinder im Heim nicht geklaut hatten, hatte Frau Morwitzer ihr weggenommen.

Langsam zog Didina sich die Decke vom Kopf und schnappte nach Luft. Es war garantiert schon weit nach Mitternacht. Sie lauschte. *Kein Laut. Alle schlafen. Perfekt!*

Vorsichtig rutschte sie vom Bett und ging zur Tür. Otto, der Nachtportier, hatte um diese Zeit seine Runde bereits beendet und würde erst wieder in einer Stunde in diesem

Trakt vorbeikommen. Behutsam drückte Didina die Klinke hinunter und öffnete die Tür. Durch den Spalt fiel Licht vom Gang herein. Didina schlüpfte hinaus und schloss leise die Tür hinter sich. Dann schlich sie auf Zehenspitzen den Gang entlang.

Das alte Waisenhaus hatte hohe Räume mit vielen Säulen, breiten Treppen und gekachelten Böden. Auch die kleinste Bewegung verursachte Geräusche, die gespenstisch durch das Gebäude hallten. Hinter irgendeiner Tür hustete ein Kind im Schlaf.

Didina schlich weiter. Je näher sie dem Trakt kam, in dem sich die Quartiere der Jungs befanden, umso schneller wurde sie. Schließlich lief sie bereits. Eine Abzweigung noch. Sie bog um die Ecke und prallte gegen eine massige Gestalt.

Otto!

*Verdammter Mist.* Was tat der hier?

Sie wollte bereits kehrtmachen und davon laufen, doch Otto packte sie am Arm.

„Wen haben wir denn da?", brummte er, während er an etwas kaute und sich mit dem Handrücken den Saft aus dem Mundwinkel wischte.

Er roch nach Lakritze. Didina kannte Ottos Vorliebe für dieses schwarze, klebrige Süßzeug, das er immer naschte, wenn er seine nächtlichen Runden durchs Haus machte. Sie selbst ekelte sich davor.

Didinas Herz raste. „Ich wollte nur aufs Klo", log sie.

„Aufs Klo? Tatsächlich?" Otto grinste und leckte sich genüsslich über die Lippen. „Da hast du dich aber hübsch verlaufen. Ich fürchte, das muss ich Frau Morwitzer melden."

„Bitte nicht", flehte Didina.

„Hm." Otto dachte nach. „Sag mir einfach die Wahrheit, was du hier wolltest, dann lass ich dich vielleicht wieder zurück in dein Zimmer."

Didina atmete tief durch. *Die Wahrheit. Na klar! Gute Idee!* Sie überlegte. „Mein Bruder hat doch immer solche Angst, und ich wollte mich nur zu ihm ins Bett legen und …"

„Hast du das etwa schon öfter gemacht?"

Didina schluckte. *Mist!* „Nein, ich …"

Otto grinste – und Didina kannte dieses Grinsen nur zu gut. Er heckte wieder eine Gemeinheit aus. „Ich mach dir einen Vorschlag, kleines Fräulein. Du bist doch angeblich so schlau." Er zog die Tüte mit seinen Lakritz-Bonbons aus der Tasche und hielt sie Didina vor die Nase. „Darin befinden sich nur noch zwei Lakritztaler, ein weißer und ein schwarzer."

Didina blickte auf die Verpackung. *Was für ein mieser Trick wird das denn?* Jeder wusste, dass es in dieser Verpackung keine weißen Lakritztaler gab – aber sie schwieg und wollte sich erst einmal anhören, worauf Otto hinauswollte.

„Du darfst in die Tüte greifen", fuhr Otto fort. „Wenn du die weiße Lakritze erwischt, darfst du deinen Bruder besuchen. Aber wenn du die schwarze erwischst, gehst du zurück in dein Zimmer. Und das kostet dich zehn Schilling."

Didina atmete tief durch. *So ein Mistkerl!* Außerdem hatte sie nicht einmal halb so viel Geld.

„Deine Chancen stehen fünfzig zu fünfzig", fügte Otto grinsend hinzu.

*Ja klar! Meine Chancen stehen scheiße!*

„Nimmst du die Wette an?", fragte er.

Da hatte Didina plötzlich eine Idee. Sie kniff die Augen zusammen und fixierte Otto. „Gut, ich nehme die Wette an."

Otto zog überrascht die Augenbrauen hoch.

*Damit hast du wohl nicht gerechnet!*

Er hielt ihr die Tüte hin. Didina griff hinein, umschloss einen Lakritztaler, zog ihn rasch heraus und stopfte ihn sich in den Mund. „Ups!", rief sie kauend.

„Aber ...!", protestierte Otto.

Didina schloss die Augen, überwand sich und schluckte den Taler, ohne weiterzukauen, hinunter. *Bah, schmeckt der eklig!*

„Was sollte das denn?", rief Otto.

Didina kämpfte gegen ihre Übelkeit an. Das Bonbon schmeckte schrecklich nach Anis und erinnerte sie an ein grausiges Medikament. „Verzeihung, ich war so hungrig. Aber schauen wir doch in die Packung rein", schlug sie vor. „Wenn wir sehen, welche Farbe der Taler da drin hat, dann wissen wir automatisch, welche Farbe der hatte, den ich rausgezogen und geschluckt habe."

Otto starrte sie verblüfft an.

Ohne zu zögern, griff Didina in die Tüte und holte das letzte Stück heraus. Natürlich war es schwarz. „Aha", rief sie. „Demnach muss mein Taler vorhin also weiß gewesen sein."

*Ausgetrickst!*

Otto kniff die Augen zu schmalen Schlitzen zusammen. „Verzieh dich zu deinem Bruder", knurrte er. „Aber sieh zu, dass du morgen Früh wieder in deinem Zimmer bist."

Das ließ sich Didina nicht zweimal sagen. „Danke", rief sie und lief den Gang entlang.

Nachdem sie sich in das Jungenzimmer geschlichen hatte, ging sie an den anderen Betten vorbei und weckte Manole mit einem sanften Rütteln.

Er rieb sich die Augen. „Was ist …?"

Sie drückte ihm die Hand auf den Mund. „Leise!", zischte sie.

Sofort fuhr er hoch, saß aufrecht im Bett und nahm Didinas Hand von seinem Mund. „Wie hast du dich an Otto vorbeigeschwindelt? Und … *iiieeehhh,* du riechst nach Lakritze!"

„Erzähl ich dir alles später." Sie rückte näher und flüsterte ihrem Bruder ins Ohr. „Was hältst du davon, wenn wir aus dieser *Nobelherberge* abhauen?"

Er sah sie mit großen Augen an.

„Zu Onkel Todor", fügte sie leise hinzu.

„Aber der ist doch so weit weg."

Didina lächelte. „Die Donau fließt von hier durch die Tschechoslowakei, Ungarn, Jugoslawien und Bulgarien bis nach Rumänien. Ich hab es mir auf der Karte angesehen."

Manoles Schultern sanken enttäuscht nach unten. „Aha, du willst also schwimmen? Oder wie Huckleberry Finn auf einem selbstgebauten Floß fahren?"

„Idiot!", schimpfte sie. „Morgen Früh legt am Donauhafen ein Luxusschiff ab. Ich habe ein Werbeplakat gesehen. Die Ambassador ist ein Flusskreuzfahrtschiff mit über vierzig Kabinen, das direkt nach Sulina zum Schwarzen Meer fährt. Dort ist unsere Endstation."

„Und du willst dich an Bord schmuggeln?"

„*Wir* werden uns an Bord schmuggeln", korrigierte sie ihn.

„Ich war noch nie auf einem Schiff – ich weiß nicht, ob das so einfach geht", gab er zu bedenken. „Einige Leute könnten sicher etwas dagegen haben." Er riss die Augen auf. „Die Polizei vielleicht?"

Manole war trotz seiner neun Jahre ja so ein Klugscheißer! „Ich bin sicher, uns fällt etwas ein", flüsterte sie. „Jedenfalls habe ich gelesen, dass es noch zwei Fahrkarten für eine freie Kabine zu gewinnen gibt."

„Na klar, und die werden ausgerechnet wir beide gewinnen." Mutlos sanken seine Schultern noch weiter nach unten.

„Wir müssen es riskieren. Denk an Frau Morwitzer."

„Hm, du hast recht", seufzte Manole und sprang aus dem Bett. „Aber zuerst müssen wir von hier verschwinden."

„Leise!", zischte Didina. „Deswegen bin ich hier." Sie blickte zum Fenster. Manole stand neben ihr und reichte ihr gerade mal bis zur Schulter.

Sie sah sich um. Auf den Nachbarbetten räkelten sich einige Jungs. Einer murmelte im Schlaf.

„Nimm nicht zu viel mit. Wir reisen mit leichtem Gepäck. Und vergiss deinen Ausweis nicht."

„Klar, ich bin ja nicht so blöd, wie du aussiehst." Grinsend schlüpfte Manole aus seinem Nachthemd, zog sich seine abgewetzte Knickerbockerhose, Hemd, Socken und Schuhe an und steckte sich seine Zahnbürste in die Gesäßtasche. Dann stopfte er sich seinen ein Dutzend Mal in allen Farben geflickten Teddy in die Hosentasche, sodass nur noch der Kopf heraushing.

In der Zwischenzeit zog Didina die Leintücher von den einzigen zwei leeren Betten ab und verknotete sie mit Manoles Leintuch.

„Das müsste reichen", flüsterte sie und öffnete ein Fenster.

Kühle Nachtluft strömte herein. Für einen Moment verdeckten die Wolken die schmale Mondsichel.

Didina knüpfte das eine Ende des Lakens an den Heizkörper und warf das andere Ende aus dem Fenster. Dann sah sie hinunter. „*Căcat!*", fluchte sie auf Rumänisch, was so viel wie *Kacke* bedeutete. Das Ende reichte natürlich nicht bis ganz nach unten. Die letzten zwei Meter mussten sie springen. „Bereit?", fragte sie.

„Du zuerst."

„Nein, *du* zuerst!", sagte sie und schubste Manole zum Fenster. „Wozu brauchst du die Blechdose? Was scheppert da? Sind da deine kostbaren Glasmurmeln drin?"

„Ja, mach dich nur lustig über mich – da sind immerhin zwanzig Schilling drin", verteidigte er sich.

„Toll – aber sei leise!" Darum würden sie sich an Bord des Schiffes gerade mal Getränke und eine warme Mahlzeit leisten können.

Manole schob sich über das Fenstersims, und im selben Moment öffnete sich die Tür zum Gang. Licht fiel herein. Didina erstarrte, und ihr stockte der Atem. Im Licht vom Korridor sah sie die Umrisse einer hohen Gestalt mit breiten Schultern. Otto!

„Beil dich!", rief sie.

„Was zum Teufel treibt ihr da?", rief Otto. Rasch kam er näher.

Durch den Lärm wurden die anderen Kinder wach und setzten sich auf. Eines begann zu weinen.

Flink wie ein Wiesel kletterte Manole indessen am Laken an der Wand nach unten. Die letzten Meter sprang er. Didina folgte ihm sogleich. Doch da war Otto auch schon da und versuchte sie an der Weste zu packen. Sie riss sich los, fiel, bekam jedoch im letzten Moment das Laken zu fassen und baumelte neben der Mauer im Freien.

„Pass auf!", rief Manole von unten.

Ja, doch! Didina kletterte nach unten, während sich Otto laut fluchend aus dem Fenster beugte und versuchte, sie noch an den Haaren zu packen.

Didina kreischte auf. Der Mistkerl hatte ihr doch tatsächlich ein Büschel ausgerissen. Ihre Kopfhaut brannte.

Sie sprang, und als sie auf dem harten Beton aufkam, half Manole ihr hoch. „In welche Richtung geht's zum Bahnhof?", rief er.

Im ersten Moment stutzte Didina. *Bahnhof? Hast mir vorhin wohl nicht genau zugehört!* Doch dann erkannte sie Manoles genialen Plan und spielte mit. „In diese Richtung", rief sie und deutete nach Westen. Sie liefen los, und Otto starrte ihnen hinterher.

Hinter der nächsten Ecke blieben sie keuchend stehen. „Gut gemacht", flüsterte Didina.

„Danke." Manole grinste. „Sie werden uns am falschen Ort suchen."

„Bestimmt. Komm, dort geht es lang." Sie änderten die Richtung und rannten zum Donauhafen.

Bei Sonnenaufgang erreichten sie endlich den Hafen. Didina war hundemüde. Sie waren fast die ganze Nacht durchgelaufen, vom Stadtrand bis hierher, um das Schiff rechtzeitig zu erreichen.

Der Horizont im Westen der Stadt war noch dunkelblau, aber die ersten orangen Strahlen beleuchteten bereits die Ambassador. Anmutig lag das Schiff im Wasser, mit mehreren Seilen am Pier festgemacht. Durch eine breite Glasfront war das Restaurant zu erkennen, und an Deck warteten bereits die ersten Passagiere darauf, dass das Schiff endlich ablegte.

Vor der schwankenden Brücke stand eine kleine Warteschlange, und auf einem separaten Zugang brachten die Stewards die Gepäckstücke der Gäste an Bord. Dahinter fuhren zwei Kohlenschlepper den Fluss hinauf.

„Und jetzt?", fragte Manole.

Didina sah sich um. „Wissen Sie, wo es die beiden Fahrkarten zu gewinnen gibt?", fragte sie ein älteres Ehepaar, das soeben an ihr vorbeilief.

„Dort vorne neben der Zugangsbrücke", sagte die Frau und zeigte zu einer deutlich größeren Warteschlange. „Aber gebt euch keine Mühe. Mein Mann und ich haben es versucht – und uns ist es nicht gelungen. Niemandem wird das gelingen."

„Aber meine Schwester ist viel schlauer als …"

Didina boxte ihrem Bruder in die Seite. „Vielen Dank." Sie lächelte, zog Manole zu der Warteschlange und stellte sich in die Reihe.

Neben ihnen erwachte soeben ein Lautsprecher zum Leben. Eine mystische und zugleich dramatische Musik hallte über die Anlegestelle.

*„Der große Ricardo, seine größte Show, seine besten Tricks. Zum einjährigen Bühnenjubiläum. Exklusiv! Nur hier an Bord, auf der Jungfernfahrt der Ambassador."*

Die Warteschlange rückte einen guten Meter weiter, und als Nächstes sah Didina auf einer Plakatwand Bilder von den größten Momenten in Ricardos Karriere als Magier. Der junge Zauberer würde offenbar das Publikum an Bord bis zum Zielhafen in Sulina mit seiner Show unterhalten.

Fasziniert starrte Didina auf die Bilder der gegenüberliegenden Plakatwand, die die Innenbereiche des Schiffs zeigten: Die Bar, das Schwimmbecken, die Geschäfte, das Restaurant, die Aussichtsplattform, das Kaffeehaus mit Panoramablick und die kleine Showbühne.

Aber die Bilder von den Kabinen waren erst so richtig der Wahnsinn. Die Suiten des Schiffes waren allesamt Außenkabinen mit Balkon und hatten ein eigenes Bad mit

Dusche und Klo, Doppelbett, Radiogerät, Wandschrank, Tisch und Sessel.

„Boah!" Manoles Mund stand offen.

Auch Didina starrte fasziniert auf die Bilder.

„He, so geht's doch weiter, ihr hässlichen Bankert!", rief eine zickige junge Frauenstimme von hinten. „Macht schon!", rief eine zweite.

„Ja, doch." Ohne den Blick von den Fotos zu nehmen, ging Didina ein paar Schritte weiter.

Im nächsten Moment erreichte sie die Kaimauer und einen Tisch. Dahinter stand der Zauberer und führte seine Tricks vor. Nur noch wenige Passagiere befanden sich vor ihnen. Didina reckte den Hals und starrte zu Ricardo. Er war groß und schlank, hatte langes schwarzes Haar und feingliedrige Finger. *Ein Zauberer eben!*

„Er ist verdammt gut", murmelte eine ältere Frau vor Didina.

Didina reckte erneut den Hals, um an der rundlichen Frau mit Strohhut vorbeizusehen, die mit einem von der Sonne geröteten Nacken vor ihr stand. Ricardo trug eine Anzughose und ein elegantes weißes Hemd mit steifem Kragen. Seine Finger wirbelten blitzschnell herum. Im Moment hantierte er gerade mit einem kleinen Ball und drei Bechern. Geschickt ließ er die drei Gefäße über den Tisch wandern. Während er sich nun die Haare aus der Stirn wischte, mussten die Passagiere erraten, unter welchem Behälter sich der Ball befand. Daneben lagen Dutzende Flugblätter von Ricardos Magiershow und zwei Tickets für die Ambassador, auf die Didina starrte.

*Gut, dort liegen unsere Fahrkarten zu Onkel Todor. Schnapp sie dir!*

„Bis jetzt hat anscheinend noch niemand auf den richtigen Becher getippt", flüsterte Manole, der nun ebenfalls das Rätselraten beobachtete.

„Wer will als Nächstes sein Glück versuchen?", rief Ricardo.

Die Warteschlange rückte weiter nach vorn und Didina kam wieder ein Stück näher. Nur noch zwei Personen standen vor ihr. Der Magier war wirklich gut. Er ließ die Gefäße so schnell über den Tisch flitzen, dass Didina Schwierigkeiten hatte, jenen Becher im Auge zu behalten, unter dem sich der Ball befand. Ebenso wie sie tippte der Mann vor ihr auf den falschen Behälter. Ein Raunen ging durch die Menschenmenge, als Ricardo den richtigen Becher hob und ihm den Ball zeigte.

*Puuuh!* Das würde nicht leicht werden.

Endlich kam die rundliche Frau mit dem Strohhut an die Reihe. Sie reichte dem Magier einen Zwanzig-Schilling-Schein und versuchte ihr Glück. Und da – *heilige Kacke!* – erkannte Didina, wie Ricardo es machte. Es war nichts weiter als ein mieser Taschenspielertrick! In Wahrheit ging es nämlich gar nicht darum, den richtigen Becher zu erraten. Denn selbst wenn man ihn nicht aus den Augen verlor, hätte man keine Chance, den Ball zu finden.

Der Trick war simpel, aber todsicher: Ricardo hielt die

Becher mit vier Fingern, doch bevor er sie in Bewegung setzte, fischte er den Ball mit dem kleinen Finger heraus und ließ ihn in seiner Faust verschwinden. Tatsächlich schob dieser fiese Betrüger nur drei *leere* Becher über den Tisch.

Die Frau tippte auf ein Gefäß, für das sich auch Didina entschieden hätte, unter dem sich aber natürlich nichts befand.

Bevor Ricardo den „richtigen" Becher lüftete, ließ er den Ball flink hineinrollen. Als Spieler konnte man bei diesem Trick nur verlieren. Noch dazu war Ricardo teuflisch gut! Ärgerlich war bloß, dass er damit jedem Gast, der sein Glück versuchen wollte, zwanzig Schilling aus der Tasche zog … als hätte es jemand wie er bitter nötig, mit solchen krummen Sachen Geld zu scheffeln.

Als Nächstes stand Didina vor dem Tisch mit den drei Bechern und sah zu Ricardo auf.

„Eine neue Herausforderin", rief er, kniff die Augenbrauen zusammen und beugte sich zu ihr herunter. „Für einen Einsatz von zwanzig Schilling hast du die Möglichkeit, diese Tickets für eine Doppel-Luxus-Außenkabine mit Balkon für eine einwöchige Kreuzfahrt an Bord der Ambassador zu gewinnen. Das Schiff legt in einer Stunde ab, also beeil dich und versuch dein Glück."

„Zwanzig Schilling?", wiederholte Didina.

Anstelle einer Antwort klopfte Ricardo mit der flachen Hand auf eine Geldkassette mit einem Schlitz, als wollte er sagen: *Meine Reisekassa!*

Didina schielte zu Manole, doch der presste nur die

Lippen zusammen. „Nein, das ist mein Geld!", knurrte er.

„Gib schon her", fauchte Didina. „Das ist unsere einzige Chance."

Die zwei Frauen hinter Didina begannen zu tuscheln.

„Ohne Geld kannst du nicht spielen", drängte Ricardo. „Besser, du machst den Weg frei. Hinter dir warten noch zwei entzückende junge Damen auf die Tickets."

Didina wandte sich kurz um. Hinter ihr standen zwei Blondinen, die sich kichernd und kaugummikauend gegenseitig mit dem Ellenbogen in die Seite stießen und mit dem Kinn auf die Kinder deuteten. Die beiden waren etwa neunzehn Jahre alt und aufgedonnert wie für die Bühne. Kein Wunder, dass der Magier Didina loswerden wollte. *Denen würdest du wohl gern die Fahrkarten zukommen lassen.*

„Ich würde …", begann Didina.

„Mach schon, verschwinde, du Kröte!", zischte der Magier und lächelte den Damen zu. Einladend wedelte er mit den Karten.

Didina blieb stehen. Wenn sie jetzt ging, um Manoles zwanzig Schilling zu sparen, würde sie innerhalb einer Stunde eine andere Möglichkeit finden müssen, um heimlich an Bord zu kommen. Und sie *mussten* an Bord. Dieses Schiff war der einzige Weg, der ihr einfiel, um zu Onkel Todor zu gelangen.

„Manole!", zischte sie und streckte fordernd die Hand aus.

„Bist du verrückt?", flüsterte ihr Bruder. „Ich werde dir das Geld *nicht* geben. Nicht *dafür*!" Er senkte die Stimme.

„Du hast keine Chance gegen den. Mein Geld ist so gut wie weg."

Ich *weiß*, dachte Didina. Selbst wenn Ricardo die Becher in Zeitlupe über die Tischfläche kreisen ließ, würde niemand der umstehenden Menschen bemerken, wie geschickt er den Ball raus- und wieder reinschwindeln würde. Aber sie hatte einen Plan, wie sie Ricardo schlagen wollte – und zwar mit einem ähnlichen Trick, mit dem sie Otto letzte Nacht im Gang des Waisenhauses reingelegt hatte. „Mach jetzt!"

Widerwillig kramte Manole seine flache Blechbüchse aus der Hosentasche, aus der er einzelne Groschen und Schillingmünzen herausfischte. „Das war alles, was wir hatten", knirschte er.

„Das weiß ich, danke." Sie nahm das Geld und reichte es dem Magier. „Ich spiele."

Ricardo lächelte abschätzig. „Von mir aus." Er ließ die Münzen klimpernd in seine Kassette verschwinden, doch plötzlich kniff er skeptisch die Augen zusammen. „Bist du überhaupt schon sechzehn? Und falls nicht, hast du einen Erwachsenen dabei?"

„Klar bin ich sechzehn, und meine Eltern stehen da hinten", log Didina und machte sich automatisch größer.

Manole schluckte neben ihr.

„Gut, fangen wir an." Ricardo hob die Arme.

Um sie herum wurde es still. Einige Menschen drängten näher. Auch die Blondinen. Jeder wollte einen Blick erhaschen. Manole stand der Schweiß auf der Stirn. Dann ließ Ricardo den Ball unter dem mittleren Becher verschwinden.

Der Mann hatte so flinke Finger, dass auch Didina sich ablenken ließ, obwohl sie ihn mit angespannten Augen fixierte.

Nur für den Bruchteil einer Sekunde glaubte sie gesehen zu haben, wie er den Ball in der Hand verschwinden ließ. Aber bestimmt war es keinem der anderen Zuschauer aufgefallen.

Im nächsten Moment ließ er die Becher über den Tisch kreisen. Sie flogen förmlich zwischen seinen Händen hin und her. Diesmal ließ er die Gefäße länger als sonst herumwandern. Schließlich musste er zumindest so tun, als ob er sich bemühte, Didina zu verwirren. Nach etwa zwanzig Sekunden kamen die Becher zum Stillstand.

Es war mucksmäuschenstill. Nur das Horn des Schiffs dröhnte und die Möwen kreischten im Hafen.

„Wo ist der Ball?", fragte der Magier.

*Tolle Auswahl! Drei leere Becher!*

Didina sah zu Manole. „Hast *du* einen Tipp?"

„Ich?" Mittlerweile war die Sonne über die Häuser geklettert und Manole lief der Schweiß in den Nacken. Instinktiv umklammerte er seinen Teddybären. „Ich hoffe, du weißt, was du tust", flüsterte er.

Didina überlegte. Hinter ihr murmelten die Blondinen, die es gar nicht erwarten konnten, die Fahrkarten für die Doppelkabine zu gewinnen. Eine tippte auf den linken, die andere auf den rechten Becher.

„Wo ist er?", drängte Ricardo.

Didina legte ihre Hände gleichzeitig auf den linken und

den rechten Becher. „Der Ball befindet sich in der Mitte", sagte sie und hob gleichzeitig die beiden äußeren Becher hoch. Natürlich waren sie leer.

Es blieb nur der mittlere Becher auf dem Tisch stehen. Ricardos Gesicht wurde lang. „Du kleines Miststück", knurrte er bemüht lächelnd zwischen zusammengebissenen Zähnen hervor.

Die Menge applaudierte.

„Boah!", entfuhr es Manole.

Didina streckte die Hand aus. „Die Tickets bitte!"

Ricardo sah die beiden Blondinen entschuldigend an. Widerwillig reichte er Didina die Karten für die Schiffsfahrt. „Ich wünsche euch eine schöne Reise", presste er hervor.

„Danke, die haben wir bestimmt." Didina nahm Manole an der Hand und zog ihn zur Zugangsbrücke.

Über ihren Köpfen kreischten die Möwen, und Didina bildete sich ein, bereits das Salzwasser des Schwarzen Meeres riechen zu können. Und vielleicht würde sie ja sogar eines Tages wieder nach Wien kommen.


Die alte Frau starrte auf die Wellen und die im Wasser vorbeitreibenden Äste. Kohlenschlepper, die den Fluss hinauffuhren, gab es längst nicht mehr.

Da legte sich ihr von hinten eine Hand auf die Schulter.

„Die Kinder und Enkelkinder warten. Kommst du zum Frühstück ins Hotel auf einen Kaffee?", fragte der ältere Mann.

„Ja, Manole", antwortete sie, ohne den Blick vom Wasser zu nehmen.

„Oder brauchst du noch etwas Zeit?"

„Nein." Sie erhob sich. „Ich bin fertig."

ELKE PISTOR

# Die Video-Con

Ich mag Fahrradfahren. Nein, das ist falsch. Ich liebe Fahrradfahren. Meine Mutter erzählt immer bei allen möglichen
Gelegenheiten die Geschichte, wie ich als Zweijährige,
nur mit einer Windel am Popo, das Rad meiner großen
Schwester geklaut habe und damit fröhlich krähend durch
unsere Straße geradelt bin. Sie findet das lustig. Ich nicht.
Ich finde das peinlich. Auch wenn sie vermutlich recht hat
und an diesem Tag vor elf Jahren alles anfing.

Heute fahre ich nicht nur jeden Morgen mit dem Rad
zur Schule und danach noch mindestens eine Stunde durch
die Landschaft, sondern ich bastelte auch ständig selbst an
meinem Rad herum. Und ich vlogge darüber. „Evas Rosa
Radtipps" heißt mein Youtube-Kanal. DIY-Clips über alles,
was an einem Fahrrad kaputtgehen kann und vor allem,
wie Mädchen das wieder repariert. Das mit dem Rosa finde

ich zwar mittlerweile auch nicht mehr so cool, aber als ich damit anfing, war die Farbe grad voll meins. Zimmerwände, Handtücher, Klamotten. Alles rosa. Mittlerweile sind die Wände wieder weiß, dafür aber mit Postern plakatiert, die Handtücher hat meine große Schwester einkassiert und ich trage Jeans und T-Shirts in Farben, bei denen man nicht direkt blind wird. Ach so. Dass ich Eva heiße, dürfte ja nun klar sein. Eva Paulssen. Dreizehneinhalb, eine Schwester, die bald Abitur macht und deren großes Zimmer ich bekomme, sobald sie ausgezogen ist. Meine Haare gehen bis unter die Schulterblätter und haben eine Farbe, die ich extremst langweilig finde. Meine Ma erlaubt mir aber nicht sie zu färben. Noch nicht, wie sie meint. Also muss ich warten, bis ich sechzehn bin, bevor ich aus dem Aschblond was Richtiges machen kann.

Bis auf ein paar Aussetzer sind meine Eltern so okay, wie Eltern in dem Alter halt okay sein können. Ich kenne deutlich nervigere. Immerhin sind sie nicht geschieden, was meistens ganz schön ist, aber auch den Nachteil hat, dass ich nur drei Wochen in den Sommerferien in der Weltgeschichte herumtingele, anstatt drei mit dem Vater in Holland und drei mit der Mutter auf Ibiza, wie andere in meiner Klasse. Wir haben zwei Katzen und einen Hund, der denkt, er wäre eine Katze. Nur wenn er mit mir unterwegs ist und neben dem Rad herläuft, fällt ihm wieder ein, dass er auch bellen kann.

Irgendwann hat mein Sportlehrer Herr Manning mitbekommen, was ich in meiner Freizeit mit dem Fahrrad-

Kanal so treibe und weil er als Deutschlehrer gleichzeitig auch den „Flohsack", unsere Schülerzeitung, betreut, konnte ich gar nicht so schnell die Biege machen, wie er mich als Redakteurin einkassiert hatte. Sportteil. Wobei er irgendwie nicht kapiert hat, dass jemand, der Fahrradfahren gut findet, nicht auch automatisch ein Handballfan ist. Oder gar Fußball. Oder Hockey. Zum Glück stand gerade Hannah neben mir. Die ist meine Beste und uns gibt es normalerweise nur im Doppelpack. Eigentlich ist Hannah diejenige, die die Sache mit dem Schreiben so richtig draufhat. Sie liest nicht nur freiwillig echt dicke Bücher, sondern schreibt auch selbst Geschichten. Am liebsten Krimis. Sie hat sich wirklich gefreut, als der Manning mit dem Schülerredakteurinnenjob ankam. Ich weniger. Denn ich hatte mich aus guten Gründen für die Sache mit den Videoclips entschieden und gegen einen Blog.

Richtig Texteschreiben ist nicht wirklich mein Ding. Das hat den Manning aber nicht interessiert. Wir hatten keine Chance zu entkommen. Deswegen verbringen wir seit den Herbstferien eine Menge Zeit im Redaktionsraum der Schülerzeitung. In der Hauptsache albern wir rum und reden über alles Mögliche. Erstaunlicherweise sind dabei trotzdem schon zwei Flohsack-Ausgaben herausgekommen. Das wiederum ist Wiebke zu verdanken, unserer Chefredakteurin. Sie ist in der zwölften Klasse und nimmt die ganze Sache sehr ernst. Vor allem, seit sie ihr Schülerpraktikum bei der Tageszeitung gemacht hat, fühlt sie sich wie Karla Kolumna. Investigativ, was so viel heißt wie enthüllend, ist ihr neues Lieblingswort. Uns scheucht sie von Artikel zu Artikel und wir kommen kaum mehr vor die Tür. Im Winter war die Stubenhockerei cool, weil wir nicht in den Schneematsch rausmussten. Jetzt im Frühjahr weiß ich noch nicht, was ich von der Sache halten soll. Manchmal würde ich lieber mit den anderen in der Sonne chillen. Immerhin bedeutet es aber, dass Hannah und ich nicht mehr als nötig in die Nähe von Leonie und Sahar kommen müssen. Es reicht völlig, sie während des Unterrichts drei Tische weiter ertragen zu müssen. Die beiden nerven dermaßen. Ihre Welt dreht sich um Klamotten, Schminken, irgendwelche Boygroups und am allermeisten um Jungs. Der und der ist soooo süüß, der und der ist sooo hip, der und der hat sooo einen süßen Po. Leonie rennt sogar seit ein paar Wochen durch die Gegend und erzählt allen, die es hören wollen oder nicht schnell genug verschwinden können, dass sie einen Freund hat. Timo. Aus der 10. Klasse. Oder wie sie es sagt „Tiieemohh", mit einem Seufzer am Ende, der mich an einen kaputten Fahrradschlauch erinnert. Sie behauptet sogar, mit ihm Sex gehabt zu haben, aber das will ich mir nicht vorstellen müssen.

Obwohl Hannah und ich uns echt bemühten, den beiden aus dem Weg zu gehen, standen sie in der Mittagspause vor uns und wedelten mit einem Stück Papier vor unseren Nasen herum.

„Wir treffen heute Daggi Be", säuselte Leonie und Sahar ergänzte: „Meet & Greet." „Wir haben nämlich Eintrittskarten für die Video-Con heute Abend in der Stadthalle."

Für einen kurzen Moment starrte ich sie fassungslos an. Das durfte nicht stimmen. Die Karten waren schneller weg gewesen, als man ein Zwei-Minuten-Video hochladen konnte, und Hannah und ich waren zu unserer riesengroßen Enttäuschung leer ausgegangen. Dabei stand die Con ganz oben auf unserer Wunschliste. Zu gern hätten wir uns Julien Bam und Ape Crime Reloaded einmal aus der Nähe angesehen. Und wenn ich es richtig in Erinnerung hatte, hatten auch Leonie und Sahar keine Karten bekommen.

„Woher hast du die denn jetzt auf einmal?", sprach Hannah meine Gedanken aus.

„Tja." Leonie hob das Kinn und strich sich eine Haarsträhne hinters Ohr. „Beziehungen." Sie lächelte Sahar zu. „Und ganz billig waren sie auch nicht."

„Zeig mal her." Hannah rupfte Leonie das Blatt aus der Hand und drehte sich um, um es genauer zu betrachten. Ich beugte mich näher zu ihr. Es war ein Computerausdruck einer Eintrittskarte mit dem Logo der Stadthalle, wie ich sie auch schon bei meinen Eltern gesehen hatte, wenn die beiden sich Karten für ein Konzert besorgt hatten. Datum, Uhrzeit und der Titel der Veranstaltung stimmten. Rechts war ein QR-Quode eingedruckt. Darunter stand die Ticketnummer: 241217. Dabei ist noch gar nicht Weihnachten, murmelte ich. „Von wem habt ihr die Karten denn gekauft?", wollte ich wissen.

„Hey!" Leonie protestierte und nahm Hannah den Ausdruck wieder aus der Hand. „Nur kein Neid." Sie grinste und packte das Blatt wieder in ihre Tasche. „Keine Ahnung, wie der Typ heißt, von dem wir sie haben. Ich habe ihn auch noch nie hier gesehen. Aber das muss euch ja eh nicht interessieren." Sie spitze die Lippen. „Schade, schade, dass ihr euch solche Karten nicht leisten könnt, aber wir werden euch ausführlich berichten, wen wir alles getroffen haben."

Sahar hakte Leonie unter und zog sie weg. Über die Schulter hinweg rief sie: „Ihr könnt ja auch auf unseren Instagram-Accounts nachsehen. Sicher werden wir eine Menge Selfies machen." Kichernd drehten sie sich um und gingen Arm in Arm den Gang hinunter. Hannah und ich starrten ihnen mit offenen Mündern hinterher.

„Ich hasse sie", sagte Hannah schließlich und streckte den beiden hinter ihrem Rücken die Zunge heraus. „Ich hasse sie wirklich. Warum haben diese blöden Kühe immer so viel Glück? Es ist unfair. Ich wäre so gerne dort hingegangen. Was hätte ich alles für Artikel schreiben können. Und Interviews führen." Sie seufzte.

„Komm lass. Die wollen doch nur, dass wir uns ärgern. Vermutlich haben sie großen Spaß bei der Vorstellung, wie neidisch wir beide sind. Die Freude sollten wir Ihnen nicht gönnen."

„Ich bin aber neidisch. Und zwar gewaltig." Hannah drehte sich um, ging in die entgegengesetzte Richtung los und schimpfte weiter laut vor sich hin. Ich blieb stehen, nahm einen Apfel aus meiner Schultasche und biss hinein. Ich kannte meine Freundin. Sie würde jetzt ein paar Minuten brauchen, bevor sie sich abgeregt hatte und wieder ansprechbar war.

Eine Viertelstunde später fand ich sie im Redaktionsraum an einem der Computerplätze. Gebannt starrte sie auf den Bildschirm, murmelte vor sich hin und schüttelte ab und an den Kopf.

„Das kann nicht sein", sagte sie, als sie mich bemerkte und zeigte auf die Webseite der Con. „Die Veranstaltung ist seit Wochen so was von ausverkauft, da geht nichts mehr."

„Vielleicht kann ja jemand doch nicht hin und hat seine Karten verkauft?", schlug ich vor, ging quer durch den Raum bis ans Fenster neben dem Kopierer und öffnete es, um wenigstens ein bisschen Frischluft in den Raum zu lassen. Auf dem Schulhof herrschte das übliche Chaos. Die Kleinen spielten irgendwelche Spiele, deren Regeln sie nur selbst begriffen, alle anderen bemühten sich, möglichst cool zu wirken. Bis hier oben hin erkannte ich Leonies grüne Jacke. Sie und Sahar standen dicht umringt von einigen anderen Mädchen aus unserer Klasse, hielten das Blatt hoch und gaben vermutlich wieder fürchterlich damit an.

Ich riss mich von dem Anblick los. Automatisch griff ich nach einem Blatt im Ausgabefach des Kopierers und warf einen kurzen Blick darauf. Ich mochte es nicht, wenn die anderen ihre Sachen im Kopierer liegen ließen. Fast hätte ich es zerrissen und auf den Altpapierstapel geworfen, als ich stutzte und genauer hinsah. Das war doch ...

„Guck mal, was ich gefunden habe." Ich ging zu Hannah und reichte ihr das Fundstück über den Rand des Bildschirms hinweg. Hannah nahm es, las und zog eine

Augenbraue hoch. Sie pfiff leise, dann grinste sie.

„Vielleicht haben wir ja auch mal Glück", murmelte sie. Sie legte den Ausdruck vor sich auf den Tisch und strich ihn andächtig glatt. „Zwei Personen", las sie vor und sah zu mir hoch. „Du und ich und die Video-Con. Krass." Ich ging um den Tisch herum und stellte mich neben sie. Stumm starrten wir auf die Eintrittskarte. In vier Stunden ging es los. Genug Zeit, um nach Hause zu fahren, unseren Eltern Bescheid zu geben und pünktlich vor den Toren der Stadthalle zu stehen. Und dann: BibisBeautyPalace, Gronkh, LeFloid, freekickerz treffen, Interviews, Fotos. Mit unseren Schulpresseausweisen dürften wir gute Chancen auf ein paar Minuten mit den Köpfen der Szene haben. Ich spürte, wie sich mein Herz zu einer kleinen Faust zusammenballte. Das machte es immer, wenn ich mich freute. Und ich freute mich gerade wie Hulle. Bis sich mein Verstand wieder einschaltete.

„Das können wir nicht machen", sagte ich leise.

„Was können wir nicht machen?", echote Hannah. Ich zeigte auf die Eintrittskarte. „Das da. Sie gehört uns nicht."

Hannah öffnete den Mund, um etwas zu erwidern, schloss ihn aber wieder, ohne etwas zu sagen. Traurig nahm sie das Blatt an sich, drückte es gegen ihre Brust und legte es dann wieder auf den Tisch.

„Du hast recht." Sie biss sich auf die Lippe. „Aber wir könnten warten, ob der- oder diejenige wiederkommt, um es zu holen. Denn irgendwer muss es ja vermissen." Sie sah mich an. „Wenn niemand hier auftaucht, dann könnten wir doch ..." Sie kratzte sich am Kopf. „Also, bevor sie verfällt, meine ich."

Ich nickte, beugte mich über das Papier und betrachtete es. Es sah genauso aus, wie das Papier, das Leonie und Sahar uns vor wenigen Minuten unter die Nase gehalten hatten. Datum, Uhrzeit, Titel der Veranstaltung, der QR-Code. Die Ticketnummer.

Es dauerte ein paar Sekunden, bis es mir auffiel. 241217. Ich richtete mich auf und schaute Hannah an, die immer noch einen Ausdruck der verzweifelten Hoffnung auf dem Gesicht trug.

„Hannah."

„Ja?"

„Diese Karte ist nicht echt."

„Wie meinst du das?" Sie riss sich von dem Anblick los.

„Die Ticketnummer ist dieselbe wie auf Leonies Karte."

„Woher weißt du, welche Nummer auf Leonies Eintritts-karte steht?"

„Weil es Weihnachten ist."

„Häh?"

„Die Zahl. 241217. Das ist Weihnachten. 24. Dezember 2017."

„Ja und. Wo ist das Problem?"

„Normalerweise müsste doch jedes Ticket eine eigene Nummer haben. Oder nicht?" Ich zeigte auf die Nummer. „Und das da ist definitiv die gleiche Nummer und das bedeutet ..."

„Dass jemand hier an dieser Schule Eintrittskarten für

die Video-Con heute Abend kopiert", beendete Hannah meinen Satz.

„Leonie hat doch gesagt, sie hätten viel Geld dafür bezahlt."

„Sie meinte, die Karten wären nicht billig gewesen. Das kann alles und nichts bedeuten. So wie die immer die Welle schlagen. Sie hat ja nicht gesagt, wie viel genau sie bezahlt haben."

„Wenn sie überhaupt bezahlt haben", warf Hannah ein und zog eine bedeutungsvolle Miene.

„Du meinst, die beiden stecken dahinter?" Ich runzelte die Stirn. „Ich weiß nicht. Sie sind ja oft super ätzend, aber das traue ich ihnen dann doch nicht zu. So was ist regelrecht kriminell. Denk doch mal dran, wie nervös sie beim letzten Vokabeltest waren, als sie die Pfuschzettel in ihren Ärmeln versteckt hatten. Mit gefälschten Eintrittskarten aufzulaufen, das halten deren Nerven nicht aus."

„Vielleicht ist sie ja doch echt." Hannah hob den Ausdruck mit spitzen Fingern hoch und sah mich an.

„Es gibt nur einen Weg das herauszubekommen."

„Und wie?"

„Wir fahren zur Stadthalle und überprüfen es." Ich verschränkte die Arme vor meiner Brust.

„Dir ist aber schon klar, dass wir gleich eigentlich noch Unterricht haben?", fragte Hannah. Ich zögerte, aber nur kurz.

„Wer redet denn immer davon, mal eine richtige Story

zu schreiben. In-ves-ti-ga-tiv!" Ich betonte jede Silbe. „Das ist die Gelegenheit dazu."

„Ich weiß nicht." Hannah kaute an ihren Fingernägeln. „Wenn meine Mutter das herausbekommt, bekomme ich richtigen Ärger. Unter drei Tagen Hausarrest läuft da nichts."

Ich verschränkte die Arme vor der Brust. „Jetzt komm schon."

Hannah schob langsam ihren Stuhl zurück, stand auf und nickte seufzend. „Also ok. Wir machen es." Sie ging zum Kopierer, machte eine weitere Kopie und steckte beide Ausdrucke in ihre Tasche. „Aber sobald wir Bescheid wissen, fahren wir zurück. Vielleicht schaffen wir es ja noch in die letzten beiden Stunden. In Mathe zu fehlen ist keine so gute Idee für mich."

Eine halbe Stunde später standen wir vor den Türen der Stadthalle. Obwohl die Con erst am späten Nachmittag losgehen würde, waren schon viele Besucher auf dem Vorplatz. Vermutlich wollten sie keine einzige Minute in den Hallen versäumen. Ein paar Gesichter kamen mir bekannt vor. Es waren Leute von unserer Schule. Ich entdeckte Mavi aus der 8.4, neben der ich jetzt eigentlich im Lateinunterricht sitzen müsste. Ihre Freundin Sofia stand neben ihr. Wir waren also nicht die Einzigen, die sich heute „spontan freigenommen" hatten. Wir gingen zu ihr hinüber.

„Hi." Ich hob die Hand. Sie gab einen quietschenden Laut von sich und fiel mir um den Hals.

„Ich bin sooooo aufgeregt", rief sie und hüpfte auf der Stelle, ohne mich loszulassen.

„Jaaaahhh", rief ich im Rhythmus und befreite mich, ebenfalls hüpfend, aus ihrer Umklammerung. „Weißt du, wann die hier die Türen öffnen? Ich muss unbedingt was fragen."

„Im Internet stand, erst kurz, bevor es losgeht, aber hier rennen schon jede Menge Ordner mit so Ich-bin-super-wichtig-Mienen rum." Sie schaute sich um. „Da hinten. Siehst du? Der Typ mit der blauen Weste. Der gehört hier hin. Vielleicht kann er dir helfen."

Ich bedankte mich bei Mavi, wünschte ihr viel Spaß und nickte Hannah zu, bevor ich quer über den Platz zu dem Ordner lief.

„Ich muss Sie was wegen der Eintrittskarten fragen", begann ich, noch ehe wir ganz bei ihm angekommen waren.

„Nun mal langsam, junges Fräulein." Der Ordner blieb stehen und musterte uns von oben bis unten. „Es gibt keine Eintrittskarten mehr. Alles ausverkauft." Er grinste. „Und nein, ich kann euch auch nicht durch eine Hintertür reinlassen."

„Darum geht es doch gar nicht." Ich grinste frech zurück. „Ich habe hier eine Eintrittskarte und ..."

„Na, dann ist ja alles klar." Er wandte sich ab.

„Nein, das ist es nicht." Ich ging ihm ein paar Schritte hinterher. Konnte der Kerl nicht einfach mal stehen bleiben und mir richtig zuhören?

„Wir glauben, dass die Karte, die wir hier haben, eine

Fälschung ist", warf Hannah mit ihrer ruhigen Art ein. Der Typ reagierte sofort. Er blieb stehen, drehte sich langsam zu uns um.

„Und wo habt ihr die her?", wollte er wissen.

„Gefunden." Mehr musste er nicht wissen. Und es war ja nicht gelogen.

„Gefunden." Er zog eine Augenbraue hoch. „Und was wollt ihr jetzt?"

„Wir wollen wissen, ob wir mit unserer Vermutung recht haben. Können Sie uns weiterhelfen?"

Er zögerte kurz. Dann räusperte er sich. „Kommt mal mit." Er drehte sich wieder um und stapfte los Richtung Haupteingang. Wir folgten ihm, vorbei an den kleinen Grüppchen, die uns voller Neid ansahen und sich vermutlich Gott weiß was dachten.

In der Vorhalle war es still. Nur aus einem Nebenraum drangen Stimmen. Zu dem führte uns der Ordner. An der offenen Tür blieb er stehen und klopfte an den Türrahmen.

„Diese beiden jungen Damen haben eine gefälschte Eintrittskarte. Hast du einen Moment Zeit für die beiden?"

Zur Antwort erklang ein Brummen aus dem Zimmer. Der Ordner trat einen Schritt zur Seite, schob erst Hannah, dann mich in den Raum. Hinter einem Schreibtisch, auf dem sich ein Haufen Papiere neben einem Stapel dreckiger Tassen türmte, saß ein Mann, der gerade ein Telefonat beendete. Er war ungefähr so alt wie mein Vater, aber viel dicker.

Der Mann stand auf, kam um den Schreibtisch herum und musterte uns von oben bis unten, als ob wir Verbrecher oder so etwas wie fiese Insekten wären. Dem Grad der Genervtheit in seiner Miene nach zu schließen hielt er uns für eine Mischung aus beidem.

„Ihr seid euch schon darüber im Klaren, dass es strafbar ist, Eintrittskarten zu fälschen?" Wir nickten.

„Und dass das eine Menge Ärger nach sich ziehen wird." Wir nickten weiter wie ein Pärchen Wackeldackel.

„Dann werden wir wohl mal eure Eltern anrufen müssen." Er griff wieder zum Telefon und schaute uns erwartungsvoll an. In dem Moment dämmerte es mir.

„Nein, nein. Da haben Sie was missverstanden. Nicht wir haben die Karte gefälscht. Wir haben sie gefunden."

„Papperlapapp. Das ist ja eine ausgesprochen billige Ausrede."

„Keine Ausrede. Die Wahrheit. Warum sollten wir uns wohl freiwillig bei Ihnen melden, wenn wir selbst die Karten gefälscht hätten. Dann hätten wir doch viel eher versucht, unauffällig in die Con reinzukommen. Wir sind zwar erst dreizehn, aber wir sind nicht doof." Und dann erzählte ich ihm alles, was wir bisher festgestellt hatten, von Leonie und Sahar, von dem Ausdruck im Kopierer im Redaktionsraum und von der Ticketnummer. Er runzelte die Stirn und streckte die Hand aus. „Kann ich das Teil bitte mal sehen?" Hannah reichte sie ihm. Er betrachtete das Blatt, dann legte er es hinter sich auf den Schreibtisch. „Sieht auf den ersten Blick echt aus. Ich kann das noch genau überprüfen, aber ich denke, die Karte ist okay." Ihr habt aber trotzdem recht. Es gibt jede Ticketnummer nur einmal. Die

Karten werden beim Einlass eingescannt und registriert."

„Das heißt, wer als Erstes mit diesem Ticket hier erscheint, kommt rein und alle anderen nicht mehr", warf Hannah ein.

„Genau. Das Ticket ist dann wertlos." Er wedelte mit dem Ausdruck. „Wir werden uns entsprechend darum kümmern. Euch vielen Dank, dass ihr uns darauf aufmerksam gemacht habt." Er ging wieder zu seinem Stuhl, setzte sich und schlug demonstrativ einen der Aktenordner auf. „Du kannst die beiden nach draußen begleiten", sagte er zu dem Ordner. Wir waren entlassen und nach wenigen Minuten standen wir wieder auf dem Vorplatz der Halle. Hannah schaute auf ihr Handy.

„Wenn wir uns beeilen, schaffen wir sogar die letzten beiden Stunden noch."

„Willst du dich wirklich damit zufriedengeben?" Ich schüttelte den Kopf. „Ich nämlich ganz bestimmt nicht. Was denkt der denn?" So langsam kam ich in Fahrt. „Dass wir jetzt einfach wieder brav nach Hause fahren und das alles einfach vergessen?"

„Was sollen wir denn sonst machen?"

„Interessiert es dich denn gar nicht, wer hinter dem allem steckt? Immerhin war es der Kopierer in unserer Schule, in unserem Redaktionsraum."

„Du denkst also, dass der Täter oder die Täterin von unserer Schule kommt?"

„Nein, ich denke, er kommt aus China." Hannah sah mich entgeistert an.

Ich grinste. Sie war so klug, aber manchmal stand sie sich einfach selbst im Weg. „Natürlich denke ich, dass der Täter von unserer Schule kommt." Ich hielt kurz inne. „Oder zumindest Zugang hat."

„Was willst du denn jetzt machen? Sollen wir zu einem Lehrer gehen? Oder zur Polizei?"

„Die werden uns vermutlich genauso abwimmeln wie der Typ vorhin. Wir sind ja schließlich nur kleine harmlose, doofe, ahnungslose Achtklässlerinnen. Nein. Wenn wir jemals ernsthafte Reporterinnen sein wollen, dann müssen wir selbst die Ermittlungen führen."

„Du willst also Detektiv spielen?"

„Nicht spielen. Sein. Wir werden Detektive sein."

„Also gut." Hannah nickte. „Wo willst du anfangen?"

„Wenn der Täter ..."

„Oder die Täterin ...", warf Hannah ein, als wir wieder im Redaktionsraum vor dem Kopierer standen und das Gerät nachdenklich betrachteten. „Sahar meinte zwar, es wäre ein Junge, aber sie meinte auch, sie hätte ihn noch nie hier an der Schule gesehen. Vielleicht hat er eine Komplizin hier?"

„Also wenn der Täter oder eine Komplizin", begann ich erneut, „die Kopien hier gemacht und dann an Leute wie Sahar und Leonie verkauft hat, muss er hier hereinkommen."

„Das ist aber nicht so einfach möglich. Du weißt, was der Manning immer für eine Welle wegen des Schlüssels macht."

„Hast du mitbekommen, wer vor uns hier drin war?"

Hannah schüttelte den Kopf. „Aber vielleicht finden wir einen Hinweis." Sie ging quer durch den Raum, stellte sich in die hinterste Ecke und hielt sich die ausgestreckte Hand vor die Nase.

„Was machst du da?" War sie jetzt durchgeknallt?

„Ich verändere meine Perspektive." Mit der Hand vor ihrem Gesicht schaute sie sich langsam und konzentriert im Raum um.

„Das hab ich mal irgendwo in einem Krimi gelesen. So fallen dir Dinge auf, die du vielleicht sonst übersehen würdest."

„Aha." Ich lachte, stiefelte in die gegenüberliegende Ecke des Raumes und hielt mir ebenfalls die ausgestreckte Hand senkrecht zwischen die Augen. Hannah las nicht nur bei jeder Gelegenheit, sie merkte sich dieses ganze unnütze Wissen auch noch, was ich sehr beeindruckend fand. Wenn sie also glaubte, dass wir so zu neuen Erkenntnissen kommen könnten, dann war es ganz klar, dass ich sie unterstützen würde.

„Was wird das, wenn es fertig ist?", ertönte eine Männerstimme von der Tür her. Herr Manning stand auf der Schwelle. Ist das jetzt in? Eine neue Masche? Das geheime Zeichen einer Sekte?" Herr Manning lachte. Ich ließ die Hand sinken und lächelte gequält. Herr Mannings Versuche, witzig zu sein, waren nicht immer zwingend von Erfolg gekrönt.

„Perspektivwechsel", erklärte Hannah trocken. „Dinge

mit anderen Augen sehen. Das ist es doch, was Sie uns immer predigen, damit wir gute Artikel schreiben." Das stimmte zwar nicht, Manning hatte noch nie so etwas in der Art gesagt, aber es war so gut, dass er es sicher gerne für sich in Anspruch nahm.

„Richtig. Sehr gut. Perspektivwechsel", murmelte er geschmeichelt und kratzte sich im Nacken. Hannah griff nach ihrem Federmäppchen und hielt es hoch. Herrn Mannings gute Stimmung ausnutzend, fragte sie: „Wer war eigentlich vor uns heute Morgen hier drin? Wir haben was gefunden und würden gerne mit dem Besitzer darüber sprechen."

Herr Manning starrte irritiert auf Hannahs Mäppchen. Es war lila mit einem Punkereinhorn. Kurz überlegte er.

„Wiebke hatte mich nach der ersten Stunde gebeten den Raum aufzuschließen, weil sie anschließend eine Freistunde hatte und einen Artikel überarbeiten wollte." Er musterte uns. „Wenn ich mich recht erinnere, war außer ihr und euch heute noch niemand hier." Er wies auf die Liste, die neben der Tür hing. „Zumindest hat sich niemand anderes eingetragen."

Die Liste. Innerlich schlug ich mir gegen die Stirn. Auf die Idee hätten wir auch selbst kommen können.

Herr Manning schaute auf seine Armbanduhr. „Habt ihr keinen Unterricht?" Hannah schaute erschrocken.

„Echt, schon so spät?" Sie raffte ihre Sachen zusammen, schnappte ihre Tasche und stürmte aus dem Raum. Anscheinend hatte sie das ernst gemeint mit der Mathestunde. Ich folgte ihr.

„Glaubst du, Wiebke hat etwas damit zu tun?", fragte sie mich, ohne anzuhalten.

„Eigentlich kann ich es mir nicht vorstellen. Wiebke ist doch immer so eine Überkorrekte." Ich fasste Hannah am Arm. Wir blieben stehen. „Aber meine Oma sagt immer, man kann den Leuten nicht hinter die Stirn gucken. Es gibt also nur einen Weg, wie wir das rausbekommen können."

„Und der wäre?"

„Wir ertappen den Täter auf frischer Tat."

„Und wie willst du das anstellen?" Hannah runzelte die Stirn.

„Ich habe eine Idee. Dafür müsstest du aber auf Mathe verzichten."

Hannah zögerte. Sie verzog zweifelnd das Gesicht, dann gab sie sich einen Ruck. „Wir bekommen sowieso schon genug Ärger wegen der geschwänzten Lateinstunde." Sie seufzte und nickte langsam.

„Dann komm mit." Ich hielt den Riemen meiner Tasche fest und rannte los. Hoffentlich erwischten wir sie noch.

Am Eingang der Schule stoppte ich aus vollem Lauf an der Glastür und spähte nach draußen. Die Oberstufenschüler durften im Gegensatz zu uns Achtklässlern das Schulgelände während der Schulzeit in den Pausen und Freistunden verlassen, um sich etwas zu essen zu kaufen oder um zu rauchen. Allerdings qualmten nur wenige in den Pausen vor sich hin und die allermeisten brachten ihre Brote von Zuhause mit, so wie meine große Schwester. Ich hatte den

Verdacht, dass sie das Gelände nur verließen, weil sie es konnten und weil es cool war, draußen am Geländer zu lehnen.

„Sie ist noch da", sagte ich erleichtert zu Hannah und tippte mit dem Finger gegen die Glasscheibe, bevor ich die Tür öffnete und hinaushuschte. Mich bei dieser Aktion erwischen zu lassen, würde dem Strafgericht des heutigen Tages noch das Sahnehäubchen aufsetzen.

„Hallo Wiebke." Ich baute mich neben ihr auf und spürte Hannah dicht hinter mir. Unsere Chefredakteurin stand in einem Pulk anderer größerer Schüler, von denen ich einige kannte und andere nicht. Einer der Jungs hatte ihr den Arm um die Schulter gelegt.

„Eva." Sie wandte sich mir zu und lächelte. „Gibt es ein Problem in der Redaktion?"

„Nein. Äh. Ja. Also ich meine ..." Ich verstummte und biss mir auf die Lippen. Vielleicht hätte ich besser ein paar Sekunden länger über meinen Plan nachgedacht, anstatt sofort loszustürmen. Aber daran ließ sich jetzt nichts mehr ändern. Also Augen zu und durch.

„Ich möchte unbedingt auf die Video-Con. Stell dir doch mal vor, was für tolle Artikel wir schreiben könnten", platzte ich heraus und merkte, wie ich vor Aufregung auf- und abhüpfte. Wiebke runzelte die Stirn. Dann schüttelte sie den Kopf.

„Es gibt keine Karten mehr. Das wisst ihr doch."

„Aber Leonie und Sahar haben auch noch welche bekommen. Sie meinten zwar, die wären nicht billig gewesen, aber das ist es uns wert. Wir warten nach Schulschluss hier vor der Tür. Vielleicht haben wir ja Glück und ergattern doch noch ein paar Karten." Ich beobachtete ihre Reaktion. Sie schaute in die Runde, zuckte übertrieben bedauernd mit den Achseln und verdrehte die Augen, als ob sie sagen wollte: ‚Diese kleinen Nervensägen.'

„Tut mir leid. Ich kann euch nicht helfen. Und am besten verschwindet ihr auch jetzt wieder nach drinnen, bevor es Ärger gibt."

Ich drehte mich auf dem Absatz um, griff nach Hannahs Arm und zog sie mit mir. „Und jetzt kommt Teil zwei", sagte ich, als die Eingangstür wieder hinter uns zugefallen war. Hannah blieb stehen.

„Kannst du mir vielleicht erklären, wie genau dein Plan aussieht? Ich renne dir hinterher wie ein Hündchen, ohne dass ich weiß, was überhaupt Sache ist." Wütend stemmte sie die Arme in die Hüften. Ich sah mich um. Zum Glück war die Eingangshalle leer. Alle saßen wieder in den Klassenzimmern. Aber die Gefahr, erwischt zu werden, war jetzt viel größer als noch vor ein paar Minuten. Nur ein Lehrer musste uns sehen und alles wäre vorüber.

„Ich will ihn auf frischer Tat ertappen", erwiderte ich hastig. „Aber komm mit in den Redaktionsraum. Da erkläre ich dir alles."

„Wenn wir recht haben mit unserem Verdacht, dass Wiebke da irgendwie mit drinsteckt ..."

„Ich glaube das wirklich nicht", unterbrach mich Hannah, aber ich hob abwehrend die Hand.

„Glauben reicht hier nicht. Wir brauchen Beweise. Und da wir die nicht haben, müssen wir uns was anderes einfallen lassen. Eben haben wir den Köder ausgelegt. Mal sehen, ob der Fisch anbeißt."

„Du meinst, sie kommt hierher?"

„Wiebke oder wer immer auch hinter der Sache steckt. Hier wurden die Kopien gemacht. Und der Täter denkt sich sicher, wenn es einmal geklappt hat, dann sicher auch ein zweites Mal." Ich zeigte auf einen großen Aktenschrank, der quer in den Raum ragte. Dahinter stapelten wir normalerweise unsere Ersatzstühle. „Wenn wir uns dort verstecken, werden wir nicht gesehen, haben aber den genauen Blick auf den Kopierer."

„Und du meinst, dass das klappt?"

Nach mehr als vierzig Minuten taten mir die Füße weh, hatten wir alle Themen durch, die einigermaßen interessant waren und hatten uns zum Schluss sogar freiwillig Lateinvokabeln abgefragt. Aber weder Wiebke noch sonst irgendwer war erschienen.

„Da geht nichts mehr. Ich will nach Hause. Ich habe Hunger und ich muss auf Klo", maulte Hannah und griff nach ihrer Schultasche. Ich nickte betreten. Das war wohl wirklich keine so gute Idee gewesen. Wenn ich es mir recht überlegte, war die ganze Sache ganz schlecht gelaufen. Wir hatten keine Karten für die Con, keinen Täter, den wir präsentieren konnten und uns erwartete darüber hinaus eine ganze Menge Ärger, weil wir blaugemacht hatten. Ich bückte mich, zog den Riemen meiner Tasche über die Schulter und folgte Hannah bis an die Tür des Redaktionsraumes, als ein knallendes Geräusch erklang. Wir erstarrten in der Bewegung. Dieses Geräusch kam von einer der Trenntüren auf dem Gang. Jemand war auf dem Weg hierher. Hektisch rannten wir wieder zu unserem Versteck. Schritte kamen näher. Jemand pfiff leise. Vielleicht war es Herr Manning, der kam, um den Raum abzuschließen. Dann saßen wir so oder so in der Falle. Entweder mussten wir uns einschließen lassen, was aber definitiv keine gute Idee war, oder wir mussten aus unserem Versteck herauskommen und uns etlichen sicherlich sehr unangenehmen Fragen stellen. Vorsichtig schaute ich um die Ecke des Aktenschrankes. Es war nicht Manning, aber auch nicht Wiebke. Es war der Junge, der seinen Arm um Wiebke gelegt und sie so angeschmachtet hatte. Er ging zum Kopierer, schaute nach hinten über seine Schulter, als rechnete er jeden Moment damit, überrascht zu werden. Dann zog er eine Klarsicht-folie aus der Jacke, nahm ein Blatt Papier heraus und legte es auf den Kopierer.

Ich wollte losstürmen, aber Hannah hielt mich am Ärmel fest, legte den Finger auf den Mund und schüttelte den Kopf. Ich blinzelte zornig und wollte mich losreißen, aber das hatte nur zur Folge, dass sie ihren Griff um meinen Arm verstärkte und böse zurückfunkelte. Wir warteten, bis er die Kopie und sein Original wieder genommen und den Raum verlassen hatte.

„Was sollte das denn nun?", zischte ich Hannah an. „Da

hätten wir ihn fast gehabt und du lässt ihn laufen?" Ich war wirklich wütend.

„Nichts hätten wir." Hannah griff nach ihrer Tasche. „Erstens wissen wir gar nicht, ob es wirklich die Eintrittskarte war, die er da kopiert hat. Und zweitens ist es kein Verbrechen, sich eine Kopie seiner eigenen Eintrittskarte zu machen. Er hätte einfach sagen können, die wäre zur Sicherheit, oder sowas. Wir müssen erst sehen, ob er sie uns auch wirklich verkaufen will. Dazu müssen wir so schnell wie möglich an den vereinbarten Treffpunkt. Dann erst haben wir ihn dingfest gemacht."

„Wen wollt ihr dingfest machen?" Herr Manning stand in der Tür. Wir hatten ihn nicht kommen hören. Seinem Gesicht zu urteilen hatte er deutlich schlechte Laune.

„Wo wart ihr denn in der letzten Stunde? Im Unterricht ganz sicher nicht. Obwohl, wenn ich mich recht erinnere, ihr eigentlich genau da hättet sein sollen." Wir starrten ihn wohl an wie ein paar Kaninchen die Schlange, denn er fuhr eine Tonlage runter, als er meinte: „Ich bin ganz Ohr."

„Können wir Ihnen das alles in zehn Minuten erklären, Herr Manning? Es ist wirklich wichtig, dass Sie uns jetzt gehen lassen."

„Wirklich wichtig ist es, dass ihr mir ein paar Fragen beantwortet."

„Bitte vertrauen Sie uns, Herr Manning. Wir sind dem Täter auf der Spur, der hier an der Schule gefälschte Eintrittskarten für die Video-Con verkauft. In wenigen Minuten wird er unten vor der Tür auf uns warten."

„Seit wann warten Verbrecher freiwillig darauf, gefasst zu werden?" Herr Manning lachte über seinen eigenen Scherz, wurde aber wieder ernst, als er in unsere Gesichter sah.

„Bitte." Ich sah zur Tür. „Wir erklären Ihnen gleich alles. Sie haben uns doch immer und immer wieder gepredigt, dass ein richtiger Reporter auch mal was riskieren muss."

Herr Manning zögerte. „Okay", stimmte er schließlich zu. „Ich glaube, was ihr mir da erzählt. Ihr könnt gehen. Aber unter einer Bedingung."

„Die wäre?"

„Ich gehe mit euch. Wenn es stimmt, was ihr sagt, wird der Junge nicht erfreut sein, wenn ihr ihn auffliegen lasst. Er ist beinahe erwachsen. Und ihr seid zwei Achtklässerinnen." Er gab die Tür frei. „Außerdem ist es nie verkehrt, weitere Zeugen zu haben. Ich werde mich im Hintergrund versteckt halten, um sein Misstrauen nicht zu wecken."

Wir nickten und rannten los. Wer weiß, wie lange der Junge am Eingang auf uns warten würde. Wir hätten uns keine Sorgen zu machen brauchen. Durch die Glasscheiben sahen wir ihn am Schultor stehen. Er war allein, von Wiebke weit und breit keine Spur zu sehen. Herr Manning hatte den Nebeneingang gewählt, um sich unauffällig von der Seite aus nähern zu können.

Ich öffnete die Tür und ging geradewegs auf den Jungen zu.

„Habt ihr das Geld?", fragte er gelangweilt, ohne von seinem Handy aufzublicken.

„Hast du die Karten?", gab ich zur Antwort. Nun sah er mich doch an und grinste.

„Du bist wohl eine ganz Coole."

Ich zuckte mit den Schultern. „Wie mans nimmt." Ich nahm meine Geldbörse aus der Tasche, hielt sie aber ungeöffnet in den Händen. „Kann ich die Karten bitte mal sehen?" Er reichte sie mir. Ich überflog das Blatt Papier. Es war wieder eine Kopie des ursprünglichen Originals. Ticketnummer 241217. „Wo hast du die eigentlich her? Die Con ist doch komplett ausverkauft."

„Von einer Freundin, die doch nicht hingehen kann. Ich verkaufe sie für sie."

„Für Wiebke?" Hannah lächelte wie die Unschuld in Person.

„Wer?"

„Wiebke. Die die du heute Mittag im Arm gehalten hast. Ist sie nicht deine Freundin?"

„Die? Nein. Ist sie ganz sicher nicht." Er runzelte die Stirn. Aber was erzähle ich euch hier eigentlich meine Lebensgeschichte? Habt ihr das Geld denn nun? Ich habe keinen Bock, meine Zeit mit euch zu vergeuden."

„Ja, klar." Ich kramte in meiner Geldbörse, nahm einen Zwanzigeuroschein heraus und hielt ihn hin. Der Junge lachte.

„Das reicht nicht. Ich will mindestens 50 Euro haben. Von jeder von euch. Nur damit keine Missverständnisse auftauchen."

Aus den Augenwinkeln heraus sah ich Herrn Manning.

Er nickte mir zu und zeigte mit Daumen und Zeigefinger das Okay-Zeichen. Er hatte alles mitgehört.

„Das ist aber ziemlich teuer für eine Eintrittskarte, die nichts wert ist." Ich steckte den Zwanziger wieder in mein Portemonnaie und verschränkte die Arme vor der Brust. Herr Manning kam näher. „Wir wissen, dass du Kopien des Originals gemacht hast und auch, an wen du sie verkauft hast. Wir haben Beweise. Die Leute bei der Con wissen ebenfalls Bescheid." Der Junge wurde blass. Er drehte sich um, wollte weglaufen, aber Hannah und ich waren schneller. Wir packten ihn an den Armen, hielten ihn zurück. Er brüllte uns an und versuchte, sich loszureißen. Vergeblich. Als Herr Manning bei uns ankam, hingen Hannah und ich wie zwei Mehlsäcke an ihm.

„Gut gemacht, ihr beiden." Herr Manning übernahm unseren Fang und führte ihn Richtung Lehrerzimmer.

Letztlich war es dann auch noch Herrn Mannings Idee, doch noch einmal zur Convention zu fahren. Nachdem alles erledigt und der Junge der Polizei übergeben worden war, lud er uns in seinen Wagen und begleitete uns. Zur Belohnung, wie er meinte, auch wenn wir vorher ernsthafte Worte wegen des Schwänzens über uns ergehen lassen mussten.

Der Geschäftsführer zeigte sich nicht nur überrascht, sondern auch höchst erfreut über unseren Ermittlungserfolg, denn es waren nicht nur Sahar und Leonie, sondern noch etliche andere mit der falschen Eintrittskarte am

Einlass gescheitert. Er winkte einem der Sicherheitsleute zu, wechselte ein paar Worte mit ihm und kurze Zeit später kam der mit zwei kleinen, in Klarsichthüllen verpackten Karten wieder, die an langen Schlüsselbändern baumelten. Er reichte sie uns.

„Hier, für euch. Viel Spaß!" Hannah und ich sahen erst die Karten und dann uns an. Ich konnte einen Schrei nicht unterdrücken. V.I.P. stand in fetten Buchstaben darauf.

Hannah fiel mir in die Arme und wir quietschten und hüpften vor Freude. Herr Manning stand daneben und lächelte gequält.

„Ja, dann. Viel Spaß. Und – Eva?" Er zwinkerte mir zu. „Ja?"

„Vielleicht findest du ja auch einen, der was mit Fahrrädern macht."

MICHAEL GERWIEN

# Das Rennen

Endlich war es so weit. Der durchtrainierte Sebastian Mühlbauer, genannt Basti, drehte sich noch einmal kurz zu seinen Freunden Rudi und Ludwig um. Die beiden 18-Jährigen standen gleich neben dem Startraum in der ersten Zuschauerreihe. Sie reckten ihm mit aufmunternden Mienen die Fäuste entgegen.

„Es ist Sonntag, der sechste Oktober. Es ist 10 Uhr morgens und es verspricht in vielerlei Hinsicht ein heißer Tag zu werden. Herzlich willkommen, meine Damen und Herren, hier bei uns, bei Radio Downhill, Ihrem jungen Internet-Sportsender aus der Alpenregion. Pünktlich auf die Minute wird gleich eines der wohl interessantesten sportliche Events der Herbstsaison in unserer schönen Region gestartet: Das Jugend-Mountainbikerennen des RSC Tirol rund um den Gernkogel bei St. Johann." Gespannt blickte der langhaarige Radiomoderator, Roman Bergleitner, der gleichzeitig als Rennleitung und Stadionsprecher fungierte, von seiner kleinen mobilen Sprecherkabine beim Parkplatz aus zum Start hinüber. „1400 Höhenmeter sind zu absolvieren, auf einer Gesamtstrecke von dreißig Kilometern. Ein echter Konditionskiller. Das geht garantiert in die Knochen."

Basti, der erst in zwei Monaten 18 werden würde, also der jüngste, aber mit Abstand sportlichste der drei Musketiere vom Tegernsee, schaute jetzt nur noch geradeaus. Er konzentrierte sich auf das Startsignal, das jeden Moment ertönen musste.

Dann hörte er den lauten Schuss aus der emporgerichteten Pistole des sommersprossigen Tirolers mit den Segelfliegerohren, der dieses Jahr den Kommandogeber gab.

Er sauste los wie der Blitz, dem ersten steilen Anstieg entgegen.

„Hoffentlich hat sich der Basti da nicht übernommen. Das ist eine mörderische Strecke", stöhnte der lange Ludwig, als sie ihren Freund starten sahen. Er hatte von gestriger Geburtstagsfeier bei seinem Kumpel Jens in Rottach-Egern einen tierischen Kater, war aber natürlich trotzdem mit hergekommen, um Basti beizustehen. Ehrensache.

„Das glaub ich jetzt wiederum weniger, Ludwig", erwiderte der um gut einen Kopf kleinere Rudi. „Du hättest den Basti bloß mal erleben sollen, wie er die letzten Male trainiert hat, als du nicht dabei warst. Der hat echt eine Bombenkondition, unser durchtrainierter Mädchenschwarm.

Aber ob er hier gewinnen kann, weiß ich ehrlich gesagt auch nicht. Die anderen sehen alle mindestens genauso fit aus wie er, wenn man genau hinschaut."

„Meine Damen und Herren, liebe Sportfans! Wie uns gerade von der Strecke gemeldet wird, hatte der Fahrer mit der Nummer 78, Sebastian Mühlbauer, der sich gleich von Anfang an ganz vorne in der Spitzengruppe festsetzen konnte, soeben einen Sturz in der scharfen Haarnadelkurve nach der ersten steilen Abfahrt. Aber anscheinend ist er gleich wieder aufgestiegen. Wenn das, was uns die Streckenposten gerade über Funk berichten, wirklich stimmt, befindet er sich im Moment sogar schon wieder an der dritten Position. Also, noch einmal Glück gehabt. Hut ab vor so viel Sportsgeist."
Roman, der eine leuchtendrote Baseballkappe unter seinem riesigen Kopfhörer trug, zog ausgiebig an seiner Filterzigarette und hustete beim Ausatmen wie ein lungenkranker Bergwerksarbeiter. Dann nahm er immer noch keuchend einen Schluck aus der dampfenden Kaffeetasse, die neben ihm auf dem Boden stand.

„Leck mich doch am Arsch, Ludwig. Der Basti an der dritten Stelle. Hast du das gehört? Vielleicht gewinnt er das Ganze sogar. Ich glaub, ich spinn. Das gibt es ja gar nicht. So was von endgeil." Rudi war total aufgelöst. Er sprang wie ein nervenkrankes Huhn auf und ab.

Verflixt noch mal, ist das steil, dachte Sebastian gerade, als er hinter den beiden Führenden einen langen Anstieg hinauftrat und dabei die ganze Zeit aufpassen musste, dass er

77

den Anschluss nicht verlor. Die zwei Jungs vor ihm waren alles andere als langsam.

Dass die Hanna nicht zu meinem großen Tag gekommen ist, nervt, dachte er. Dabei hatte sie es doch versprochen.

Was mochte wohl der Grund sein? Wie viel ihm der heutige Tag bedeutete, musste sie doch ganz genau wissen, sie war andauernd beim Training dabei gewesen. Wusste seit Wochen Bescheid. Genau wie er.

Ich wüsste wirklich gern, wo sie bleibt. Hoffentlich ist ihr nichts passiert. Nein, Blödsinn. Dann hätte jemand bei Rudi oder Ludwig angerufen.

Wie auch immer. Es würde sich alles bestimmt beizeiten aufklären. Im Moment zählte sowieso nur eins: der Sieg.

„Nix da, Burschen", murmelte er grimmig lächelnd und stieg, gerade noch rechtzeitig, kräftig in die Pedale, als seine Vordermänner einen kleinen Zwischenspurt einlegten, um ihm davonzueilen.

„Den Sebastian Mühlbauer hängt man nicht so leicht ab, zumindest nicht, wenn man ein Mountainbiker ist", murmelte er dabei.

Rudi und Ludwig verfolgten über die Platzlautsprecher den Rennverlauf. Schließlich waren sie als Bastis sportliche Betreuer mitgekommen. Da mussten sie über alles informiert sein.

Um die Mittagszeit war es dann soweit. Der Zieleinlauf stand kurz bevor. „Meine sehr geehrten Damen und Herren, liebe Sportfreunde. Hier ist wieder Ihr Radio Downhill.

Den letzten Meldungen von der Strecke nach erreichen unsere ersten Supersportler gleich die Zielgerade. Also seien sie mit mir gespannt, wie das Rennen ausgehen wird." Roman Bergleitner zog nervös an seiner Zigarette und hustete zweimal kräftig, bevor er mit aufgeregter Stimme fortfuhr. „Da sind sie auch schon, unsere Helden. An der Spitze sehen wir die Nummer 20, den Walter Steiger aus unserem schönen Heimatstädtchen hier. Aus Sankt Johann."

„Wahnsinn, Rudi. Der Basti kommt sicher auch gleich", sagte Ludwig mit einem wissenden Lächeln auf den Lippen.

„Dicht gefolgt wird unser lieber Walter von der Startnummer 27, dem Kraftpaket Bertl Moser aus Kufstein. Und da kommt auch schon der Dritte ums Eck. Aber was ist das? Es ist nicht Sebastian Mühlbauer, der sich bis vor einer Viertelstunde noch an dieser Position hatte halten können und bereits wie der sichere Dritte aussaht. Nein, es ist im Moment die Nummer 33, Ernstl Bäcker aus Innsbruck. Drei Tiroler in Front. Der Wahnsinn."

„Was ist da los?" Rudi sah Ludwig fragend an.

„Keine Ahnung, mein kleiner dicker Freund." Ludwig zuckte die Achseln.

„Unser Ernstl aus Innsbruck. Schau an", fuhr Roman erfreut fort. „Da hat er dem deutschen Neuling Sebastian aus Bad Wiessee wohl in letzter Minute noch gezeigt, was wir Tiroler draufhaben. Nicht wahr, meine Damen und Herren? Hoffentlich kann er seinen Vorsprung ins Ziel retten." Er spielte kurz den „Anton aus Tirol" von DJ Ötzi ein.

„Gibt's doch gar nicht. So ein Mist." Rudi stampfte ärgerlich mit dem Fuß auf. „Da muss irgendwas passiert sein. Hoffentlich hat sich der Basti nichts Schlimmes getan."

„Da kommen die Ersten auch schon ins Ziel. Allen voran unser Walter Steiger", ertönte es aus der Lautsprecheranlage. „Der Bertl knapp dahinter. Er konnte Walter den Sieg nicht mehr abspenstig machen. Sebastian Mühlbauer ist allerdings immer noch nirgends zu sehen. Er bleibt weiter verschollen. Doch halt. Was muss ich da hören, meine Damen und Herren. Ein Streckenposten ruft gerade an und sagt mir, dass der Drittplatzierte, unser Tiroler Held, Ernstl Bäcker, disqualifiziert werden muss. Wegen Betrugs. Er hat wohl einfach eine Abkürzung genommen. Ja, die Innsbrucker, meine Damen und Herren. Weit entfernt sind sie nicht von Italien, wie wir alle wissen. Und dass die Italiener rein traditionell gern mal fünfe gerade sein lassen, wissen wir natürlich auch. Pech gehabt, Ernstl. Beschiss kommt auf den Tisch. Das darfst du dir fürs Leben merken. Also Kommando zurück und neuer, sensationeller dritter Platz für den Schweizer Bernd Ständer, die Nummer 38. Der hatte sein Mountainbike heute wahrlich nicht auf dem Fahrradständer vergessen."

„Wo bleibt bloß der Basti! Es wird ihm doch nicht tatsächlich etwas passiert sein." Rudi sah Ludwig besorgt an.

„Schon komisch. Lass uns mal zur Rennleitung gehen. Der Typ muss ja irgendwas wissen."

„Die Streckenposten haben nur gemeldet, dass euer Freund irgendwo im letzten Drittel der Strecke abhandengekommen ist", erklärte ihnen Roman mit Bedauern im

Gesicht. „Jedenfalls ist er bis jetzt nicht aus dem Waldstück vor dem Zielhang wieder herausgekommen."

„Und wenn er irgendwo darin abgestürzt ist?" Rudi zog sorgenvoll die Brauen hoch. „Einen steilen Abhang hinunter. Dort liegt er jetzt und hat sich ein Bein gebrochen oder das Genick?"

„Genau." Ludwig nickte.

„Nun wollen wir mal nicht gleich das Schlimmste annehmen", erwiderte Roman. „Vielleicht hat er nur einen Platten hat und muss schieben. Da kann es schon eine Weile dauern, bis er hier im Ziel ankommt." Roman lächelte ihnen beruhigend zu.

„Na gut. Trotzdem danke", sagte Rudi.

Er und Ludwig drehten sich um.

„Gehen wir ihm entgegen?", fragte Rudi.

„Natürlich, kleiner dicker Freund." Ludwig nickte. „Ach schau mal, wer da kommt." Er zeigte auf das außergewöhnlich hübsche blonde Mädchen in enger weißer Jeans und rotem T-Shirt, das ihnen gerade entgegenstolzierte.

„Hanna? Du hast dich aber ein ganz kleines bisschen verspätet", begrüßte Rudi sie mit einem leicht spöttischen Grinsen auf den Lippen. „Zu lange vor dem Spiegel gestanden? Das Rennen ist jedenfalls aus."

Ludwig feixte nur.

„Sehr witzig, Rudi." Die 18-Jährige funkelte ihn mit einem strengen Bick an. „Es war Stau auf der Autobahn. Ich bin froh, dass ich es überhaupt hierher geschafft habe. Wo ist Basti? Hat er gewonnen?"

„Leider nein. Er ist irgendwo auf der Strecke liegen geblieben." Rudi zuckte die Achseln.

„Was? Ist er verletzt?" Sie wurde leichenblass vor Schreck.

„Nein." Rudi schüttelte den Kopf. „Vielmehr wissen wir nicht. Wir wollten ihm gerade entgegengehen. Vielleicht hat er nur einen Platten und muss sein sauteures Mountainbike schieben."

„Wer sein Radl liebt, der schiebt", bemerkte Ludwig breit grinsend.

Ein völlig überflüssiger und unpassender Beitrag in Hannas Augen. Sie schüttelte innerlich empört den Kopf. Blöde Witze konnte er wieder machen, sobald sie Basti gesund und munter gefunden hätten. Im Moment waren sie wirklich alles andere als angebracht.

„Na also, worauf warten wir dann noch? Wo geht's lang? Da?" Sie zeigte auf den Zielhang.

„Genau da", erwiderte Ludwig.

Hanna eilte wild entschlossen voraus. Die anderen beiden konnten kaum mit ihr Schritt halten.

„Moment mal", meinte Ludwig unvermittelt, nachdem sie eine Weile lang den ersten steilen Hang seitlich der Rennstrecke hinaufgestiegen waren. „Mir fällt gerade was ein. Der Schweizer, dieser Bernd Ständer, hat doch vor dem Rennen angeblich aus Versehen Bastis Rad genommen. Weißt du noch, Rudi?"

„Und er hat es erst nach zehn Minuten wieder zurückgebracht." Rudi nickte. „Ich erinnere mich. Ja und?"

„Wie kann einer denn Bernd Ständer heißen?" Hanna

musste unfreiwillig grinsen.

„Keine Ahnung" Rudi zuckte die Achseln. „Nur gut für ihn, dass er nicht Fahrrad mit Vornamen heißt. Würde echt bescheuert klingen."

„Oder noch schlimmer: Kleider", alberte Ludwig weiter.

„Oder Garderoben", fügte Hanna hinzu.

Sie lachten laut, obwohl sie sich natürlich nach wie vor große Sorgen um Basti machten.

„Vielleicht hat er ja gelogen." Ludwig zog bedeutungsvoll die Brauen hoch.

„Wer hat gelogen?", fragte Hanna.

Alle drei blieben stehen. Hanna und Rudi sahen Ludwig gespannt an.

„Der Ständer. Vielleicht war es gar kein Versehen von ihm."

„Sondern …?" Hanna stieg ungeduldig von einem Bein auf das andere. „Sag schon, Ludwig. Mach's doch nicht so spannend."

„Ist doch möglich, dass er einfach nur so getan hat, als wäre es ein Versehen, und hat während der zehn Minuten an den Kabelzügen von Bastis Bike herumgefummelt."

„Du meinst, er hat absichtlich an den Bremsen herummanipuliert?" Rudi starrte Ludwig fassungslos an.

„Oder an der Gangschaltung. Was auch immer. Kann doch sein." Ludwig zuckte die Achseln. „Immerhin ist Basti gleich zu Anfang des Rennens auch schon gestürzt. Vielleicht war da schon was kaputt an seinem Radl."

„Warum sollte der Ständer so was tun?", fragte Rudi.

„Konkurrenz ausschalten, mein kleiner dicker Freund."

„Ich weiß nicht. Wir sind doch hier nicht in Chicago."

Rudi schüttelte den Kopf. „Außerdem", fuhr er gereizt fort. „Wenn du noch einmal mein kleiner dicker Freund zu mir sagst, fängst du eine. Langer Ludwig hin oder her. Ich komm schon irgendwie rauf zu dir. Und wenn ich springen muss."

„Alles gut. War doch bloß Spaß." Ludwig winkte grinsend ab.

„Ein saublöder Spaß. So was nervt einfach, okay?"

„Okay. Ich hör auf."

„Aber dann ist dem Basti vielleicht etwas Schlimmes zugestoßen." Hanna blickte zu Tode erschrocken von einem zum anderen. „Hoffentlich lebt er noch." Ihre Stimme zitterte. Sie begann zu schluchzen. „Und ich Idiotin komm auch noch zu spät."

Dabei hab ich ihn doch so furchtbar lieb, dachte sie. Ich könnte mich in den Hintern beißen, dass ich nicht rechtzeitig da war, um ihn beim Start anzufeuern.

„Ruhig Blut, Hanna." Rudi tätschelte ihre Schulter. „Es war ja nur eine Theorie. Bestimmt hat der Ständer tatsächlich nur die Räder verwechselt. Das kann immer mal passieren. Die sehen doch alle fast gleich aus."

„Meinst du?" Sie wischte sich die Tränen aus den Augenwinkeln.

„Ja." Rudi nickte bestimmt. „Lasst uns weitergehen. Bestimmt kommt Basti gleich irgendwo mit dem Rad auf seiner Schulter um die Ecke und grinst uns in seiner unnachahmlichen Art verlegen an."

„Ganz bestimmt", pflichtete ihm Ludwig bei. Offensichtlich hatte er eingesehen, dass er mit seinen unbewiesenen Vermutungen nur Unruhe in die ganze Angelegenheit brachte.

Basti wachte auf. Blickte verwirrt um sich. Versuchte aufzustehen.

Setzte sich aber gleich wieder.

Er befand sich in einem großen, völlig leeren viereckigen Raum. Nur sein Mountainbike lag neben ihm. Überall war weißes Licht. Alles war mit weichem Leder oder einem lederähnlichen Material gepolstert.

Erneut versuchte er aufzustehen. Gab es aber gleich wieder auf. Es war, als ob die Schwerkraft hier drinnen mindestens doppelt so stark wirkte wie normalerweise. Aufrecht sitzen ging gerade so. Eindeutig am bequemsten war es zu liegen.

Also legte er sich wieder hin und versuchte, sich zu erinnern, was geschehen war.

Wie war das noch gewesen? Er hatte diesen Schlag gegen sein Vorderrad bekommen. Bestimmt ein großer Stein, den er übersehen hatte. Dann war er gestürzt und einen steilen Abhang heruntergerollt. Oder hatte ihn jemand geschubst? Da war doch irgendwas. Er konnte sich aber nicht genau erinnern.

Immer schneller. Immer weiter.

Irgendwann hatte er einen stechenden Schmerz an seinem Hinterkopf gespürt. Anschließend war es schwarz um ihn herum geworden und er war erst hier drinnen wieder aufgewacht.

War es wirklich so gewesen?

„Hallo!", rief er jetzt. „Ist hier jemand? Hört ihr mich?"

Eine Tür öffnete sich in der gegenüber liegenden Wand. Ein schimmerndes Wesen kam hereingeglitten. Es schwebte einen Meter über dem Boden und hatte eine riesige Spritze in der Hand.

„Wer sind Sie? Was soll das mit der Spritze?"

„Nix, nix. Ich bin bloß das gute Spritzen-Alien", erwiderte das Wesen mit unheimlicher sphärischer Stimme.

„Was?" Basti bekam es mit der Angst zu tun.

„Hi, hi, hi", kicherte das Wesen, anstatt zu antworten. Es kam langsam, aber beständig immer näher.

„Ich will keine Spritze", rief Basti. „Mir geht es gut. Ich hasse Spritzen."

„Hi, hi, hi. Ist mir doch egal. Das Spritzen-Alien muss nun mal spritzen. Was sonst hätte mein Name für eine Bewandtnis."

„Hilfe!", brüllte Basti so laut er konnte. Panik machte sich in ihm breit. „Warum hilft mir denn keiner?"

„Habt ihr den Sebastian Mühlbauer irgendwo gesehen? So ein mittelgroßer Blonder. Er hat die Startnummer 78." Ludwig sah die beiden Mountainbiker, die ihnen schiebend entgegenkamen, gespannt an.

„Nein. Leider", sagte der Kleinere von ihnen.

Sie schüttelten gleichzeitig die Köpfe.

„Okay, danke. Hätte ja sein können. Platten?" Ludwig zeigte auf ihre Vorderreifen.

Sie nickten gleichzeitig.

Wahrscheinlich Zwillinge, dachte Ludwig.

„Mist, oder?" Er konnte sich eine verarschende Bemerkung einfach nicht verbeißen. Es lag nun mal in seiner Natur. Grinsend wartete er ihre Antwort ab.

Die zwei Rennfahrer nickten nur erneut. Nicht einmal der Anflug eines Lächelns umspielte ihre vor sichtlichem Ärger zusammengepressten Lippen.

Dann schoben sie ihre Räder weiter bergab.

„Ihr habt's gehört." Ludwig drehte sich zu Rudi und Hanna um.

„Aber irgendwo muss er doch sein", meinte Hanna. „Wir haben fast die halbe Strecke abgesucht. Und wenn dieser Ständer doch an Bastis Radl herumgefummelt hat? Wir müssen unbedingt die Polizei einschalten."

„Eine gute Idee", sagte Rudi. „Sollen die nochmal nach ihm suchen. Vielleicht haben wir nicht gründlich genug geschaut. Zum Beispiel in dem kleinen Wäldchen vorhin. Da ging es ziemlich steil hinunter."

Ludwig nickte. „Ich ruf sie am besten gleich auf dem Handy an."

„Tu das, Ludwig." Hanna nickte.

„Moment mal, Leute." Der Kleinere der beiden Mountainbiker war gerade zu ihnen zurückgekommen. „Wegen eurem Kumpel. Mir ist da noch was eingefallen."

„Ja?" Ludwig sah ihn gespannt an.

Hanna und Rudi taten es ihm gleich.

„Ich hatte vorhin das Gefühl, dass jemand unterhalb der Rennstrecke um Hilfe ruft. Da in dem kleinen Wäldchen." Er zeigte ein Stück weit hangaufwärts.

„Aber warum sagst du das nicht gleich?" Ludwig bedachte ihn mit einem vorwurfsvollen Blick.

„Ich war mir nicht sicher." Er zuckte die Achseln. Dann zeigte er auf seinen Kollegen, der 20 Meter weiter unten auf ihn wartete. „Stefan da vorne hat mich sogar deswegen verarscht. Er hat rein gar nichts gehört. Aber vielleicht war da ja doch was."

„Danke, Mann. Wenn es tatsächlich Basti ist, hast du was gut bei uns."

„Passt schon." Der dunkelhaarige Pechvogel winkte ab.

Dann stapfte er zu seinem wartenden Kollegen hinunter, um mit ihm den Abstieg fortzusetzen.

„Los, Leute. Gehen wir Basti retten", wandte sich Ludwig an Hanna und Rudi, die mit ungläubigen Gesichtern zugehört hatten.


„Lass mich endlich in Ruhe, du verdammtes Monster." Bastis Augen glänzten schreckgeweitet. „Ich will keine Spritze. Schon gar nicht von einem Alien in einem Raumschiff. Ihr wollt doch nur mit mir herumexperimentieren und mich ins Weltall mitnehmen, um mich erst Jahre später wieder heimzubringen. Das macht ihr mit allen so, ihr miesen Kerle. Jeder auf der Erde weiß das. Da muss man nur ins Internet schauen."

„Du kannst mir nicht entkommen", erwiderte das Spritzen-Alien, während es mit seinem unheimlichen Kichern immer näherkam.

Gleich hätte es ihn erreicht.

Gleich wäre er fällig.

Ein weiteres Opfer der Außerirdischen.

Basti versuchte aufzustehen und davonzulaufen. Doch die Schwerkraft drückte ihn jetzt mit mindestens vierfacher Kraft auf den Boden.

„Hilfe!", schrie er verzweifelt. „Helft mir doch! Ich will nicht sterben!"

Das Spritzen-Alien stand nun direkt über ihm. Es kicherte noch einmal besonders unheimlich.

„Habt ihr das gehört?" Hanna bedeutete Ludwig und Rudi, stehen zu bleiben und stillzuhalten.

„Was?" Ludwig zuckte die Achseln.

„Es kam von da unten." Hanna zeigte den steilen Abhang rechts von ihnen hinunter. „Ich will nicht sterben!"

„Ich auch nicht", meinte Rudi.

„Blödsinn. Die Stimme dort unten hat das gerufen."

„Bist du dir sicher?" Ludwig sah sie misstrauisch an. „Nicht dass wir umsonst da hinunter und wieder hier heraufsteigen. Ich bin jetzt schon total fertig."

„Ich bin mir sicher. Ihr wisst, ich hab ein gutes Gehör."

„Stimmt. Leider."

Rudi fiel ein, dass Hanna immer wieder ausgerechnet die Dinge hörte, die eigentlich nicht für ihre Ohren bestimmt waren. Zum Beispiel hatte sie einmal mitbekommen, wie er Ludwig im Flüsterton erzählt hatte, dass er auf die dunkelhaarige Susi aus der nächsthöheren Klasse stand. Prompt hatte Hanna es Susi erzählt, weil sie die Schwester ihrer besten Freundin Sarah war, und am nächsten Tag wusste es die halbe Schule.

Schön peinlich. Vor allem deswegen, weil Susi überhaupt nichts von ihm wollte, was sie jedem natürlich auch noch gleich auf die Nase gebunden hatte. Doppelte Blamage also.

„Hanna, bist du das?" Basti sah seine Freundin ungläubig an. „Oder bin ich schon im Himmel? Oder haben mich die Aliens in eine Parallelwelt gebracht?"

„Hier gibt es keine Aliens, Basti. Gott sei Dank, du lebst noch." Sie beugte sich über ihn und küsste ihn, mit Tränen in den Augen, auf den Mund.

„Hey, Alter. Das machst du nicht nochmal mit uns", ertönte es währenddessen.

Basti drehte sich auf die andere Seite seines Krankenbettes, von wo aus die Stimme gekommen war.

„Ludwig? Rudi? Was macht ihr denn hier?" Er schüttelte verwirrt den Kopf.

„Wir wollten nur mal schauen, wie es dir so geht", erwiderte Ludwig.

„Ja, aber. Was ist denn überhaupt passiert? War ich denn in keinem Raumschiff?"

„Im Traum vielleicht", sagte Rudi. „Du bist beim Mountainbikerennen am Gernkogel gestürzt und hast dir sauber deine Birne angehauen. Hanna hat dich rufen gehört. Kurz darauf haben wir dich ohnmächtig neben einem kleinen Bach gefunden. Dann haben wir die Polizei und den Notarzt verständigt. Vor einer Stunde haben sie dich hier ins Krankenhaus reingebracht. Hast wohl eine deftige Gehirnerschütterung. Wir haben uns echt Sorgen gemacht."

„Dann hab ich das mit den Aliens nur geträumt? Echt jetzt? Es gibt gar kein Spritzen-Alien?" Basti versuchte sich aufzusetzen. Schaffte es auch leidlich.

„Spritzen-Alien?" Rudi lachte laut auf. „Was soll das sein?"

„Spritzen-Aliens gibt's nur bei der freiwilligen Feuerwehr", meinte Ludwig trocken. „Die machen übrigens ein Fest direkt am Tegernsee unten für dich, wenn du hier wieder rauskommst. Du hättest das Rennen nämlich gewonnen, wenn du nicht gestürzt wärst. Da sind sich alle Beobachter und Streckenposten einig. Dein Radl ist übrigens relativ unbeschadet neben dir liegen geblieben."

„Gott sei Dank. Ich bin so ein Depp. Hätte ich doch nur besser aufgepasst. Aber ich musste ja andauernd daran denken, warum Hanna mich nicht mehr mag."

„Ich dich nicht mehr mögen? Spinnst du?" Sie sah ihn überrascht an.

„Warum bist du denn dann nicht zum Start gekommen?"

„Da war ein Stau auf der Autobahn. Tut mir total leid." Sie streichelte seine Wange.

„Echt jetzt?"

„Echt" Sie nickte.

Die beiden anderen taten es ebenfalls.

„Ja, so ein Scheiß! Aber Moment. Jetzt fällt mir gerade was ein." Basti setzte sich hektisch auf.

„Was denn?" Hanna und die anderen beiden sahen ihn neugierig an.

„Ich glaube, mich hat einer vom Fahrrad gestoßen."

„Wie kommst du auf einmal darauf?", wollte Ludwig wissen.

„Es ist plötzlich wieder da. Ich weiß es einfach. Es ist wie ein Film vor meinen Augen." Basti sah aufgeregt von einem zum anderen. „Der Kerl hatte die Start-Nummer 33. Er hat mich überholt und mich dabei in die Seite gestoßen, sodass ich hingeflogen bin."

„Und du hast seine Startnummer noch erkannt?" Ludwig schüttelte ungläubig den Kopf.

„Im Sturz. Aber ganz genau." Basti nickte entschieden.

„Startnummer 33?" Rudi blickte wissend in die Runde. „Das war doch der Innsbrucker, den sie disqualifiziert haben, weil er abgekürzt hatte. Ernst Bäcker hieß er, wenn ich mich recht erinnere."

„So ein kriminelles Schwein", meinte Ludwig mit grimmiger Miene. „Na warte, der kann was erleben. Er weiß bestimmt nicht, mit wem er sich da angelegt hat."

ERICH WEIDINGER

# Auf den Zahn gefühlt

Tobias' Augen waren feucht, Wasser stand in ihnen. Eine Träne kullerte über seine linke Wange. Zweimal war eine Welle von Schmerz durch seinen Kopf und sein Gehirn gerollt. Langsam ließ er nach. Die Frau links von ihm tupfte mit einem weichen Tuch die Spur der Träne auf seiner Wange ab. Die Zahnärztin zu seiner Rechten klopfte ihm aufmunternd auf den Unterarm.

„Das Schlimmste ist vorbei. Nun müssen wir nur mehr abwarten, dass das Betäubungsmittel ordentlich wirkt, dann wirst du kaum mehr etwas spüren."

Ein bisschen peinlich war es ihm schon, denn mit seinen dreizehn Jahren wollte er vor fremden Menschen keine Tränen vergeuden. Aber es war nicht zu verhindern, das Wasser kam von selbst aus seinen Augenwinkeln. Die Zahnärztin kannte er, da sie die Mutter von Anita war, einer seiner Klassenkameradinnen. Von der Zahnarztassistentin wusste er nur, dass sie Kerstin hieß und ein gestochenes Hochdeutsch sprach. Ihre schönen blonden Haare gefielen ihm sehr. Sie wirkte jünger, als sie tatsächlich war.

Ein taubes Gefühl machte sich nun in seinem Mund breit, das sich auch über die Wange hinweg zog. Er lag auf einem hellen Zahnarztliegestuhl und wusste, dass er sich dem Kommenden schutzlos hingeben musste. Sein Kopf und Oberkörper wurden soeben, mittels der Hydraulik des Zahnarztstuhles, weiter nach hinten bewegt. Sie lagen fast tiefer als seine Füße.

Er wusste schon seit ein paar Wochen, dass dieser Tag kommen würde. Die Vorarbeiten waren bereits Tage zuvor durchgeführt worden. Ein paar Zähne im rechten Unter- und Oberkiefer waren vor ein paar Wochen durch einen Autounfall in Südtirol in Mitleidenschaft gezogen worden. Bei dem Aufprall des Wagens wurde er mit dem Gesicht ungeschützt gegen das Lenkrad und das Armaturenbrett des Autos geworfen. Leider hatte er damals nicht die Möglich-keit, sich anzuschnallen, sonst wäre dies nicht passiert. Die Verletzungen hielten sich aber zum Glück in Grenzen. Nun sollten die letzten Ausmaße dieses schlimmen Abenteuers in Ordnung gebracht werden. Bei einem Zahn ist ihm sogar die Krone gebrochen und der Nerv verletzt worden. Bisher hatte er ein sogenanntes Provisorium im Mund. Wegen der bevorstehenden Wurzelbehandlung war ein starkes Betäu-bungsmittel notwendig. Deshalb durfte er nicht einmal mit dem Fahrrad kommen, seine Mutter sollte ihn abholen, sobald sie von der Praxis angerufen werde.

Tobias hatte das Gefühl, dass seine Zunge wie ein nasser Schwamm aufgegangen war. Die rechte Hälfte seines Gesichtes war nicht mehr Teil von ihm. Es war zwar noch da, aber nicht mehr spürbar.

Die Ärztin stach ihm mit einer Metallspitze vorsichtig in sein Zahnfleisch.

„Spürst du etwas? Tut das weh?"

„Nhgnhg!"

Wie sollte er mit geschwollener Zunge, betäubter Gesichtshälfte, Watterollen und Metallgegenständen im Mund richtig sprechen können?

Um dem Ganzen Nachdruck zu verleihen, bewegte er sachte den Kopf hin und her.

„Heißt das, du spürst nichts mehr?"

„Nhgnhg!", diesmal versuchte er zu nicken.

„Sehr gut, Tobias. Dann fangen wir an. Versuch dich zu entspannen. Es wird eine Zeit dauern. Wenn du trotzdem etwas spürst, oder kurz Erholung brauchst, berühre mein Knie, hier neben deiner Hand. Kann es losgehen?"

Die hellgrünen Augen der Ärztin blickten ihn fragend und zugleich aufmunternd an.

Tobias nickte und versuchte sich zu entspannen. Erst jetzt merkte er, dass sein ganzer Körper unter Spannung stand. Selbst die Muskeln seiner rechten Hand ließen seine Finger steif abstehen. Langsam ließ er sich mit dem Ausatmen, so gut es ging, tiefer in den Stuhl sinken.

Schleif- und Bohrgeräusche umgaben ihn, spürbare Vibrationen, die ihren Ausgangspunkt in seiner offen gehaltenen Mundhöhle hatten. Außer einem leichten Druck spürte er tatsächlich nichts. Nur das automatische Schlucken, das sein Körper normalerweise von allein machte, war jetzt nicht möglich. Unangenehm. Die kaum sichtbaren Abfälle der abgeschliffenen Zähne und die angestaute Speichelflüssigkeit wurden von dem in seinem Mundwinkel hängenden Kunststoffschlauch eingesaugt.

Tobias schloss die Augen, von außen vernahm er gedämpft die Sirene eines Einsatzfahrzeuges. Gerne hätte er jetzt Musik gehört. Er erinnerte sich an den James-Bond-Film, den er am Vortag gesehen hatte: „Moonraker." Und wie sollte es anders ein, fiel ihm hier am Zahnarztstuhl die Szene mit Beißer ein. Der Riese mit den stählernen Zähnen. Ob sich dessen Gebiss auch so taub anfühlte wie im Moment sein eigenes?

In Gedanken versunken, unter den so fein und vorsichtig arbeitenden Händen der Ärztin und dem Surren des Bohrers, konnte er das Summen der Türglocke nicht hören.

Die Ärztin sagte zu ihrer Assistentin: „Wir haben heute keine Patienten mehr. Wahrscheinlich hat Anita wieder ihren Schlüssel vergessen. Kerstin, bitte öffnen Sie ihr die Türe."

Die blonde Frau zog sich die Gummihandschuhe aus und verließ den Ordinationsraum. Was sie nicht wissen konnte, war, dass statt Anita ein Fremder vor der Tür stand. Eine

Clownperücke mit halber Gesichtsmaske am Kopf.

Er hatte gerade ein kleines Postamt in der Nähe überfallen und war auf der Flucht vor der Polizei, die schneller unterwegs war, als ihm lieb war. In seiner Panik war er einfach auf dieses Gebäude zugelaufen. Ein schmaler Mauervorsprung verhinderte, dass er von der Straße aus gesehen wurde. Er läutete, hob seine Waffe, richtete sie auf die geschlossene Tür. Ein Summen war zu hören. Er musste die Tür selber öffnen. Mit der Schulter, auf der ein Seesack mit der bescheidenen Beute hing, drückte er die Tür auf. Er ging durch einen kurzen engen Vorraum und erblickte Kerstin, die lächelnd hinter dem Anmeldepult stand.

Ihr freundliches Lächeln erstarb, das Atmen setzte kurz aus. Erst jetzt erkannte sie, dass der Mann eine Clownmaske trug und seine Pistole auf sie richtete. Er war sehr nervös, blickte mehrmals hinter sich.

„Weg da. Weg vom Telefon. Wer ist noch da?!", der Eindringling ging mit schnellen Schritten auf sie zu.

„Tun Sie mir bitte nichts. Ich habe ...", sie wollte die Schublade aufziehen und dem Fremden das Geld aus der Kasse geben. Dieser hatte aber nur mehr die Flucht im Auge.

„Weg da, habe ich gesagt. Wer ist noch hier?!", wiederholte er seine Frage.

Kerstin zeigte auf die Tür, hinter der die Ärztin konzentriert in Tobias' Mund herumwerkte.

Der Mann packte die Assistentin mit festen Griff an der Schulter, zog sie zur Tür.

„Hinein da! Aufmachen!"

Er stieß sie durch die offene Tür in den Raum. Vor ihnen war der Rücken der Ärztin zu sehen, die vor Tobias saß.

„Frau Doktor? Frau Doktor?", mehr brachte Kerstin nicht heraus.

„Was ist denn? Gibt's Probleme mit Anita?", fragte die Ärztin, nahm den rotierenden Bohrer vorsichtig aus dem Mund des Patienten und wandte sich auf ihrem Drehstuhl sitzend der Türe zu.

Sie war sichtlich überrascht, als ein maskierter unruhiger Mann eine Waffe auf sie richtete. Er blickte gehetzt umher.

„Sitzen bleiben. Wenn Sie sich still verhalten, passiert Ihnen nichts. Machen Sie weiter!"

Ihren Kopf zur Seite geneigt, mit fragendem Gesichtsausdruck entgegnete sie dem Befehl: „Entschuldigen Sie, aber ich kann hier nicht weiterarbeiten, wenn Sie mich mit einer Waffe bedrohen. Meine Hände dürfen dabei nicht zittern."

Zur Bestätigung hielt sie dem Eindringling den surrenden Bohrer entgegen. Als wollte sie ihn damit bedrohen, so wie er die Pistole hielt.

Tobias hatte noch nichts von der Veränderung bemerkt. Lag mit geschlossenen Augen da, den Mund offen gehalten, wie ein nach Luft schnappender Fisch. In seiner Fantasie kämpfte er gerade mit Beißer auf einer Gondel in schwindelerregender Höhe über Rio de Janeiro.

Erst jetzt schaltete die Ärztin den Bohrer aus.

Tobias schlug nun die Augen auf. Er drehte vorsichtig den Kopf. Was war denn hier los? Beißer hatte doch keine

Pistole dabei, oder? War er eingeschlafen und träumte die James-Bond-Story weiter?

„Liegen bleiben!" Ein seltsamer Clown zeigte mit seiner Waffe zuerst auf ihn, dann auf Kerstin und auf das Fenster.

„Sehen Sie nach, ob die Polizei noch unterwegs ist. Ich brauche ein Auto! Wer von euch kann mich wegfahren?"

Kerstin schüttelte am Fenster stehend den Kopf. „Keine Polizei, kein Auto. Bin mit dem Fahrrad hier!"

„Und Sie?", das Clowngesicht wandte sich der Ärztin zu.

„Mein Mann ist mit dem Auto unterwegs. In ungefähr einer halben Stunde wird er hierherkommen. Sie können ihn gerne fragen, ob er Sie wohin fährt."

Coole Antwort, dachte Tobias. Er wusste nicht, was er tun sollte. Da ihm der Mann befohlen hatte, liegen zu bleiben, war das wohl das Beste. Die Ärztin, immer noch den Bohrer in den Händen haltend, drehte sich zu Tobias um. Sie zwinkerte ihm zu. Was meinte sie damit? War das ein Scherz? Versteckte Kamera oder so etwas in der Art?

„So lange kann ich nicht warten", sagte der Verbrecher, der sichtbar nervöser und unsicher wurde. Immer wieder richtete er die Pistole abwechselnd auf die anwesenden Personen. Was ist, wenn sich ein Schuss löst. Schießt er dann alle drei über den Haufen?

Tobias glaubte, nicht richtig gehört zu haben, als er die folgenden Worte der Ärztin vernahm:

„Sie haben schlechte Zähne. Höchste Zeit, dass Sie eine Zahnarztpraxis aufsuchen. Wenn Sie möchten, sehe ich mir Ihre Zähne gleich mal an!"

Der maskierte Mann war dadurch irritiert, glaubte ebenfalls, sich verhört zu haben:

„Was? Was wollen Sie?"

„Ich sehe von hier, dass Sie ein entzündetes Zahnfleisch haben. Das gehört behandelt, sonst werden Sie bald mit einem falschen Gebiss essen müssen. Und das ist gewöhnungsbedürftig."

Sie blickte wieder auf Tobias und deutete für die anderen nicht bemerkbar auf seine Leibesmitte. Mit dem Mund formte sie ein rundes O. Tobias kapierte überhaupt nichts. Während der Eindringling zum Fenster trat, um selbst hinauszublicken, drückte die Ärztin ihren ausgeschalteten Bohrer auf den Reißverschluss von Tobias' Hose. Er zuckte zusammen, spürte den sanften Druck. Verwirrt blickte er in das Gesicht der Ärztin, die ihre Augen rollte, mit dem Kopf leicht zu Tür deutete und ein zweites Mal ein großes O formte.

Jetzt wurde ihm klar, was sie von ihm wollte. Er sollte aufs Klo gehen. Von hier verschwinden. Obwohl er noch immer nicht reden konnte, stieß er laut aus:

„Hhh, mmm, ooo!" Mehrmals wiederholte er das.

„Was ist da los? Ist der Junge da behindert?"

„Nein, aber er kann nicht ordentlich sprechen. Er muss nur dringend aufs Klo!"

Eine Erlaubnis erwartend sah die Ärztin dem Clown in die Augen.

„Das geht jetzt nicht. Womöglich ruft er die Polizei!"

„Hören Sie, guter Mann. Erstens kann der Junge nicht

sprechen und zweitens will ich nicht, dass er mir meinen Patientenstuhl versaut. Oder wollen Sie anschließend den Stuhl reinigen?"

Murrend fuchtelte der Mann mit seiner Pistole herum.

„Aber die Tür bleibt offen!", und zu Tobias gerichtet sagte er: „Wenn du Hilfe holst, und nicht wieder kommst, erschieße ich die beiden Frauen hier. Ist das klar?"

Tobias nickte eingeschüchtert. Er wusste nicht, ob der Mann das ernst meinte. Die Ärztin nahm ihm den Kunststoffschurz ab und flüsterte ihm dabei ins Ohr: „Hinter dem Empfangsbereich kommst du zur Hintertüre. Raus mit dir!"

Von außen war plötzlich das Signalhorn mehrerer Einsatzfahrzeuge zu hören. Der Verbrecher wurde noch nervöser, schwitzte stark. Tobias verließ langsam das Zimmer und ließ die Tür nur einen kleinen Spalt offen.

Er hörte noch den Mann fragen: „Hat der da das überhaupt kapiert? Der ist doch nicht richtig im Kopf, oder?"

„Ja, er ist ein lieber armer Junge. Kann nur nicht richtig sprechen. Er kann keiner Fliege etwas zuleide tun. Er wird sich aufs Klo setzten und warten, bis man ihn holt. Er hat vor Ihnen große Angst, das habe ich gespürt."

Während Tobias mit einem Lächeln Richtung Hinterausgang ging, fing sich die Welt zu drehen an. Schnell ergriff er beim Anmeldetresen den Bürostuhl und nahm Platz. Jetzt war ihm klar, warum er nicht selber mit dem Rad hierherkommen sollte. Das Betäubungsmittel wirkte nicht nur in seinem Mund. Es machte ihn auch schwindlig. Hinter ihm öffnete sich plötzlich die Tür. Anita betrat die Praxis. Sie grinste, als sie ihn sah. Wollte schon was sagen, da sprang Tobias vor, fast wäre er hingefallen, wenn ihn Anita nicht an den Schultern festgehalten hätte. Gehetzt hielt ihr er den Mund zu, bevor sie etwas sagen konnte. Dann legte er seinen Zeigefinger vor seinen Mund, um ihr klarzumachen, dass sie still sein musste. Torkelnd führte er sie an der Hand vorsichtig zum Tresen. Setzte sich wieder, um nicht hinzufallen. Auf einen vorhandenen kleinen Notizblock schrieb er mit zitternden Händen folgende Worte nieder:

Räuber – im Zimmer bei deiner Mutter – bewaffnet.

Anita machte große Augen und blickte ernst in Tobias' Gesicht. Sie bemerkte, dass seine rechte Gesichtshälfte etwas nach unten hing. Ihr wurde klar, dass er keinen Spaß machte.

„Junge, wo bist du?", hörte man eine männliche Stimme durch die offene Tür.

„Hhh, mmm, hh", war Tobias' Antwort. Die beiden blickten sich stumm an.

„Bleib hier! Ich hole Hilfe", flüsterte Anita. Schon war sie verschwunden.

Jetzt waren nur mehr leise Stimmen aus dem Zimmer zu hören. Tobias wusste nicht, was er machen sollte. Sollte er flüchten, durfte er in seinem Zustand überhaupt ins Freie gehen? Er führte vorsichtig zwei Finger zum Mund, berührte die Innenseite der Lippen und hielt die Finger vor die Augen. Sie waren blutig. Besser also hier zu bleiben und den dummen Jungen zu spielen.

Es war sehr leise, kein Laut drang im Moment von außen herein. Nur die Stimme der Ärztin war zu hören.

„Sie müssen Ihre Zähne besser putzen. Da, zwischen den Zähnen hier hinten, sind eine Menge Ablagerungen. Kerstin, gehen Sie bitte nachsehen, ob es dem Jungen gut geht?"

„Nein, sie bleibt hier! Bist du noch da?", schrie der Mann.

Tobias antwortete in fast schon gewohnter Weise:

„Hhh, mmm, hh!"

Plötzlich standen hinter ihm drei Polizisten. Mit gezogener Waffe schlichen sie an ihm vorbei. Eine Polizistin berührte ihn an der Schulter und wollte ihn nach draußen drängeln. Er öffnete den Mund und zeigte ihr die noch unfertige Baustelle, um klarzumachen, dass er nicht ins Freie konnte. Sie machte ihm ohne Worte klar, dass er sich hinter dem Tresen, am Boden sitzend, in Sicherheit halten sollte.

Der Zugriff der Polizisten erfolgte sehr schnell. Da der Körper der Ärztin den Blick des vor ihr auf dem Zahnarztstuhl sitzenden Räubers abhielt, konnten sich die Einsatzkräfte dem Täter rasch und unbemerkt nähern. In einer Hand hielt der falsche Clown seinen Seesack, in der anderen die Waffe, die zu Boden gerichtet war. Plötzlich schnellte neben der Ärztin eine Hand vor und entriss dem Mann die Waffe.

Nicht ein Schuss löste sich. Im Affekt riss der Mann schreiend die Hände in die Höhe, der Seesack flog durch die Luft und es regnete Papiergeld. Bevor der Verbrecher begriff, was wirklich los war, drehte ihn ein Polizist herum und drückte ihn mit dem Knie fest in den Stuhl. Die

Handschellen klickten. Ein weiterer Ordnungshüter hatte die zwei Frauen während der Überwältigung des Räubers nach draußen gebracht.

Die Ärztin sah zum Tresen, wo die Polizistin nun mit Anita bei Tobias stand, der wieder auf dem Bürostuhl saß. Sie zwinkerte ihnen zu. Weitere Einsatzkräfte drängten in die nun bald überfüllte Zahnarztpraxis. Sogar Sanitäter.

Während der Täter abtransportiert wurde, rief ihm die Ärztin nochmals zu: „Denken Sie an Ihre Zahnzwischenräume. Gehen Sie im Gefängnis zum Anstaltszahnarzt. Noch sind sie zu retten. Ich meine natürlich Ihre Zähne."

Die Polizisten mussten grinsen. Zumindest bei seinem Abgang hatte der falsche Clown Menschen zum Lachen gebracht. Wenn auch unfreiwillig.

Tobias sagte zu Anita: „Du hast eine coole Mutter!"

Doch leider verstand sie nur: „Uhhaaaauuuummmmuuu!"

Bevor die Polizisten den Vorfall aufnehmen konnten, musste Tobias nochmals auf den Behandlungsstuhl.

„Tut mir leid, Tobias. Ich muss dir wieder das Provisorium einsetzen. Wir müssen ein andermal nochmals anfangen."

Trotz Schrecken half die bleich gewordene Kerstin mit, Tobias wieder in den Zustand zu versetzen, bevor der Kriminalfall begann. Das Fehlen der Sprechfähigkeit würde noch etwa eine gute Stunde dauern, was ihn ärgerte. Er kam sich so unbeholfen vor, wollte eine Menge Fragen stellen.

Tobias fand es komisch, dass sich jetzt, neben dem medizinischen Personal, Anita und die Polizistin in dem kleinen

Ordinationsraum befanden. Als ob sie ihn hier beschützen mussten, obwohl doch alles vorbei war.

Auch Kerstin hatte eine Frage und stellte sie während der Arbeit ihrer Chefin.

„Hatten Sie keine Angst vor der Waffe? Dass sie der Mann benutzt?"

Die Ärztin hielt kurz inne, drehte sich zu den Anwesenden um, und sagte: „Mein Bruder ist Vertreter für Spielzeug. Auch für Spielzeugwaffen. Ich habe das Firmenlogo auf der Waffe erkannt, da mir mein Bruder eine ähnliche Pistole mit dem gleichen Logo erst kürzlich gezeigt hat. Sie sieht täuschend ähnlich aus. Pech für den Dieb. So, und nun alle raus hier, die nichts mit unserem medizinischen Fall zu tun haben. Mit dem Kriminalfall können wir uns in ein paar Minuten beschäftigen."

Nachdem die Ärztin das letzte Gerät aus Tobias' Mund entfernt hatte, setzte er sich erleichtert auf. Während die Frauen alles verstauten und putzten, entdeckte der Junge in einem Spalt des Stuhles, auf dem er gelegen hatte, eine Banknote. Einen Fünfhunderteuroschein.

Sollte er ihn einstecken? Würde es jemand bemerken?

Hatte er sich nicht so etwas wie ein Schmerzensgeld verdient?

THERESA PRAMMER UND JOSEPH PRAMMER

# Was du nicht willst, dass man dir tut ...

*Tu es nicht, bitte, bitte, tu es nicht.*

Ich presste die Lippen zusammen, ballte meine Hände zu Fäusten und mein Herz klopfte so stark gegen den Brustkorb, als wollte es jeden Moment raushüpfen.

*Tu es nicht. Hör sofort auf.*

Umsonst. Niemand erhörte mein stummes Stoßgebet. Und deshalb blieb mir nichts anderes übrig, als zuzusehen, wie Ewald meine beste Freundin Marie auf den Mund küsste.

Panisch reckte ich den Kopf, um besser sehen zu können, ob er wenigstens seine Zunge in seinem eigenen Mund behielt. Er tat es nicht. Und noch schlimmer war, dass es Marie gar nichts auszumachen schien.

Mein Magen fühlte sich an, als würde er von einer Hand zerquetscht. Ich war so ein Idiot! Wieso hatte ich Marie bloß nie gestanden, dass ich bis über beide Ohren in sie verliebt war?

Ein paar Mal hatte ich zwar schon meinen ganzen Mut zusammengenommen, aber bei jedem Versuch war es, als hätte jemand den Stecker in meinem Gehirn gezogen. Ich hatte angefangen zu brabbeln wie ein Dreijähriger und Marie hatte Tränen gelacht, weil sie dachte, ich machte einen Scherz.

Und jetzt das. Vor meinen Augen. Zur Krönung war es auch noch ausgerechnet dieser sagenhafte Trottel Ewald, der immer damit angab, wie sehr er Justin Bieber ähnlichsah. Und der jeden Tag mindestens zehn Selfies von sich postete, mit so interessantem Inhalt wie: *Soll ich den Scheitel rechts oder links tragen? Und: Passt mir das blaue T-Shirt oder das rote besser?*

Am liebsten wäre ich auf der Stelle zu den beiden gelaufen und hätte Ewald von ihr weggerissen. Dann hätte ich Marie in die Arme genommen und gesagt: „Du verdienst etwas Besseres."

Sie hätte überrascht ihre Augen aufgerissen und im nächsten Moment hätte ich sie auf ihre geschwungenen Herzlippen geküsst. Und es wäre völlig wurscht gewesen, dass in meinem Hirn das Nirvana herrschte, denn sie hätte alles gewusst.

Aber erstens passiert das Leben nicht im Konjunktiv (das klingt super, ist aber nicht auf meinem Mist gewachsen – es hat unter meiner letzten Deutschschularbeit gestanden, weil ich leider einen Hang zur Möglichkeitsform habe. Bei Aufsätzen, wie im Leben).

Und zweitens konnte ich nicht weg. Ich war eingeklemmt. Ich schaute nach links, keine Chance da durchzukommen, rechts sogar noch schwieriger. Meine Hände schwitzten immer mehr, je länger ich das mitansehen musste. Es war wie bei grässlichem Fernsehprogramm, Reality-TV und so. Alles in dir sagt, du sollst wegsehen, aber du kannst nicht.

Endlich hörte der Kuss auf. Ich schloss die Augen und schickte ein neues Stoßgebet, dass dieser eitle Hornochse sie bitte bitte nicht nochmal küsste. Ein zweites Mal konnte ich das nicht ertragen.

Ewald sagte etwas, aber ich hörte nicht richtig zu, weil ich zu sehr damit beschäftigt war, dass mir die Cornflakes vom Frühstück nicht hochkamen. Als ich die Augen wieder öffnete, stand Ewald einen halben Meter von Marie entfernt und fuhr sich durch die blonden Haare, als wäre er der Hauptdarsteller in einer Shampoo-Werbung. Sie schüttelte energisch den Kopf und verschränkte die Arme vor der Brust.

„Doch", fauchte er.

„Nie im Leben", gab sie zurück.

Was wollte er, was hatte ich gerade verpasst?

Völlig unerwartet sprang Ewald auf Marie zu und warf sie zu Boden. Mir entkam vor Schreck ein Quieken, ich reckte wieder den Kopf, um sie besser zu sehen.

Ihr Gesicht war vor Schmerz verkrampft.

„Nicht! Lass mich in Ruh!", schrie sie.

Ich biss die Zähne zusammen, um nicht mitzuschreien. Ewald legte seine Hände um ihren Hals und drückte zu.

Maries Augen schienen aus ihren Höhlen herauszufallen. Sie wehrte sich mit Händen und Füßen, doch sie hatte keine Chance. Ewald war zu stark. Und schließlich gab sie auf. Ihr regloser Körper lag schlaff auf dem Boden. In ihren Augen glänzte das Scheinwerferlicht.

„Bravo", rief eine Frau rechts von mir. „Braaaavoooo!"

Ich sah wie besinnungslos zur Seite. Es war Maries Mutter, sie war von ihrem Sitz aufgesprungen und klatschte in die Hände. Sie nickte mir zu und jauchzte: „Sie war großartig! Findest du nicht auch, Jacob?"

Mein gekrächztes: „Klar", ging in dem donnernden Applaus unter, der in dem Moment in dem Festsaal der Schule losging. Alle erhoben sich von ihren Sitzen und jubelten Ewald und Marie zu, die sich nun gemeinsam, Hand in Hand, auf der Bühne verbeugten.

Natürlich jubelte ich auch. Ich rief: „Bravo, Marie!" Aber sie konnte mich nicht hören. Überhaupt kam es mir so vor, als hätte sie nur noch Augen für diesen blöden Schönling Ewald. Und das war meine eigene Schuld. Denn ich hätte jetzt derjenige sein können, der sich mit Marie verbeugte.

Als sie nämlich vor einem Monat die Ausschreibung für die Theatergruppe und das Schulstück an der schwarzen Tafel vor dem Lehrerzimmer gelesen hatte, war Marie sofort total begeistert gewesen.

„Da machen wir mit, Jacob", hatte sie gesagt.

Und ich? Ich hatte gelacht, mir mein Skateboard unter den Arm geklemmt und sehr cool gesagt: „Geh bitte, ich doch nicht!"

Dabei war mir das Herz in die Hose gerutscht – auf einer Bühne zu stehen und von Hunderten Augen beobachtet zu werden finde ich genauso spaßig wie einen Besuch beim Zahnarzt, wo er dir erzählt, er muss dir einen Zahn ziehen und ihm sind leider die Betäubungsspritzen ausgegangen.

Doch was hatte ich nun davon? Ich stand hier unten, während Marie im Scheinwerferlicht von Ewald abgeschleckt wurde.

Nein! Die Zeit, in der ich mich hinter meinem Lampenfieber versteckt hatte, war hiermit beendet.

Der Applaus verebbte und die Eltern und Schüler strömten zum Ausgang des Festsaals. Ich aber nahm mein Skateboard unter dem Sitz hervor und kämpfte mich nach vorne Richtung Bühne.

Herr Professor Durst, der Deutschlehrer, der die Theatergruppe leitete und den jeder nur „Thirsty" nannte, weil das cooler klang als „Herr Durst", wurde gerade von einigen Eltern beglückwünscht.

Er war einer von den jungen Lehrern, mit kurzen schwarzen Haaren und einer Nickelbrille. Ich wartete, bis er endlich alleine war.

„Herr Professor?"

„Ah Jacob, hallo. Wie hat dir die Aufführung gefallen?"

„Sie war super – deshalb – also ..."

„Ja?"

„Ich weiß von Marie, dass Sie schon das nächste Stück proben. Und – ich möchte mitmachen."

Thirsty hob die Augenbrauen so hoch, dass sie über den oberen Rand der Brille wanderten.

„Wirklich?"

„Ja, wirklich."

„Okay. Aber weißt du, dass es eine Musical-Revue ist? Das bedeutet, du musst singen."

„Das macht nichts. Das ist super", log ich, obwohl ich das Gefühl hatte, der Boden würde sich unter mir auftun.

Thirsty hob leicht die Schultern. „Hm, es gibt da nur leider ein Problem. Es sind schon alle Rollen besetzt."

„Und Ewald? Macht der mit?", schoss ich heraus.

„Ja, er singt ein Duett."

„Mit Marie?"

„Genau. Ihr Lied ist aus ‚Die Schöne und das Biest'."

Wie passend, dachte ich und sagte gequält: „Nett."

„Ja, Marie und Ewald singen das Liebesduett."

„Sie ... sie spielen wieder ein Liebespaar?"

„Oh ja. Und was für eines. Es wird wunderbar. Wenn am Schluss Marie ihm sagt, dass sie ihn liebt und mit ihrem Kuss das Biest von seinem Fluch erlöst ..."

Vor Begeisterung bekam Thirsty glänzende Augen. Mir kamen auch die Tränen, aber aus einem anderen Grund.

„Oh. Okay. Verstehe", murmelte ich. Ich drehte mich um, es war mir peinlich, dass Thirsty mir meine Enttäuschung sicher ansah.

„Jacob, warte mal ...", rief Thirsty.

„Ja?"

„Also, es sind zwar schon alle Rollen besetzt – aber wie wäre es, wenn du die Zweitbesetzung für Ewald wärst? Die Vorstellung singt natürlich er. Aber wir würden die Szene immer doppelt proben, mal mit ihm und mal mit dir. Dann könntest du schon mal reinschnuppern und sehen, ob es dir auch wirklich gefällt."

„Echt? Das geht?"

Thirsty nickte.

Das war ja der Jackpot! Was Besseres konnte mir gar nicht passieren. Ich hätte ein Auge auf den Zungenschlecker Ewald und könnte kontrollieren, was er tat. Außerdem würden dann Marie und ich … mir wurde schwummrig. Und ich musste nicht mal die Vorstellung spielen. Das Singen – ja, das war ein Problem, selbst wenn es nur bei den Proben war. Aber darüber konnte ich mir auch Gedanken machen, wenn es so weit war.

„Also, passt das für dich, Jacob?"

Ich griff nach Thirstys Hand und schüttelte sie heftig.

„Ja, danke, Herr Professor, ich bin sehr gerne die Zweitbesetzung."

„Gut. Dann sehen wir uns morgen um 17 Uhr hier im Festsaal."

Ich war mir nicht sicher, aber als er ging, sah es so aus, als würde er sich ein Lachen verkneifen.


„Jacob, was machst du denn hier?", fragte Marie, als ich am nächsten Nachmittag mit meinem Skateboard unter dem Arm den Festsaal betrat. Ich hatte den ganzen Tag dichtgehalten und mit keinem Wort Thirstys und meine Abmachung erwähnt.

„Ich bin jetzt bei der Theatergruppe.“

„Das ist ja spitze!“

„Na ja, erst mal bin ich nur die Zweitbesetzung von Ewald.“

Als wäre das sein Stichwort gewesen, tauchte Ewald im Eingang auf.

„Du bist was?“, fragte er und kam auf mich zu. Er stemmte die Hände in die Hüften und ich versuchte zu ignorieren, dass er einen guten Kopf größer war als ich.

„Na, deine Zweitbesetzung.“

„Seit wann bitte brauche ich eine Zweitbesetzung?“ Er bleckte seine Zähne, es hatte was von einer Hyäne.

„Zum Beispiel falls dir etwas passiert. Oder du krank wirst.“

„Geh bitte! Das wird nie vorkommen. Du bist keine Zweitbesetzung, Kleiner. Du bist eine Zeitverschwendung!“

Das Blut schoss mir vor Wut in die Wangen. Bevor ich etwas antworten konnte, hörte ich Thirstys Stimme.

„Na, na, na, Ewald. Das ist aber kein kollegiales Verhalten.“

Der Deutschprofessor trat von der Seite auf die Bühne und hatte ein Klemmbrett in der Hand.

„Das war ein Scherz“, sagte Ewald. Dann zwinkerte er mir zu und boxte mir freundschaftlich in die Seite. „Wir sind doch Kumpel. Nein, echt, Jacob, ich finds super, dass du meine Zweitbesetzung bist. Ich wollte dich nur ein bisschen aufziehen." Er klang dabei so süß, als wäre seine Stimme aus Honig. Ich glaubte ihm kein Wort. Aber anscheinend war ich da der Einzige. Sowohl Marie als auch Thirsty lachten.

„Okay, dann fangen wir mal an. Die anderen kommen erst später, ich wollte zuerst euer Lied proben, weil es eine der anspruchsvolleren Nummern ist."

Thirsty nahm ein paar Zettel aus dem Klemmbrett und reichte sie uns. Es waren die Noten zu dem Lied.

„Das Playback habe ich am MP3-Player, ich muss es nur noch an die Tonanlage anschließen. Kommt mal alle auf die Bühne, bitte. Und Jacob, kannst du mir mit der Kulisse helfen?"

„Klar. Gern."

Ich stellte mein Skateboard unter einem der Sessel ab.

Thirsty führte mich hinter die Bühne und deutete auf eine der drei Meter hohen Wände, die dort angelehnt standen. Auf einem war ein riesiges Märchenschloss gemalt.

„Dieses Teil werden wir auf die Bühne schieben. Aber vorsichtig, es ist ein bisschen schwer. Du schiebst von der einen Seite, ich ziehe von der anderen."

Als wir die Wand in die Mitte der Bühne gebracht hatten, musste er nochmal nach hinten, um die Stützpfeiler zu holen. Damit die Wand nicht kippte, stellte ich mich dahinter und Thirsty lehnte sie an meinen Rücken.

„Ich bin sofort wieder da", sagte er.

„Kein Problem, das ist easy", rief ich ihm nach. Wo waren eigentlich Marie und Ewald? Sie probten doch hoffentlich nicht schon ihre Liebesszene? Das hätte mir gerade noch gefehlt!

Ich sah mich um. Im nächsten Moment kippte die Kulissenwand, die ich gestützt hatte, und landete hinter mir mit einem lauten Krachen auf der Bühne.

Gleichzeitig erklang ein markerschütternder Schrei.

„Ahhhh."

Blitzschnell drehte ich mich nach vorne. Ewald stand in der Mitte der Bühne und starrte mich an.

Thirsty kam angelaufen. „Was ist passiert?"

„Dieses Ding hätte mich fast erschlagen", schrie Ewald. Er deutete auf das Kulissenteil am Boden.

„Ich bin hier gestanden und habe mir das aufgemalte Schloss angesehen. Da hat Jacob es auf mich fallen lassen. Im letzten Moment bin ich zur Seite gesprungen."

„Nein, das ist nicht wahr. Ich wusste doch nicht, dass du da stehst. Es war keine Absicht", sagte ich und sah von einem zum anderen.

Marie kam von der Seitenbühne angelaufen.

„Ewald, geht's dir gut?"

„Das war ein Schock", sagte er.

„Okay, wisst ihr was. Wir lassen die Wand jetzt einfach mal da liegen und kümmern uns darum, wenn die anderen da sind. Das ist meine Schuld, sie ist wahrscheinlich wirklich zu schwer gewesen", sagte Thirsty. „Jacob, wieso nimmst du nicht einfach mal im Zuschauerraum Platz?"

Thirsty vergewisserte sich, dass es Ewald gut ging, dann wollte er wieder Richtung Seitenbühne abgehen.

„Äh, Herr Professor", hielt Ewald ihn auf. „Wäre es in Ordnung, wenn ich Jacob bitte, dass er mir einen Zitronentee vom Automaten holt? Nur ausnahmsweise. Durch den Schrei, weil ich so erschrocken bin, ist mein Hals jetzt ein bisschen trocken. Ich würde ja selber gehen, aber ..."

„Jacob?" Thirsty sah mich fragend an. Ich saß in der Falle. Würde ich Nein sagen, würden sie nie glauben, ich hätte das Teil unabsichtlich auf ihn fallen lassen. Sagte ich ja, wäre ich ab diesem Moment Ewalds Laufbursche.

„Ich hol dir deinen Tee", kam Marie mir zuvor.

„Nein", rief ich viel zu laut. „Ich meine, ich geh sehr gern für dich zum Automaten, Ewald."

Ewald sagte: „Danke." Er griff in die Hosentasche und reichte mir eine 50-Cent-Münze.

Wütend stapfte ich ins untere Stockwerk, wo der Automat mit den Heißgetränken stand. So hatte ich mir das nicht vorgestellt. Meine Hand zitterte vor lauter Ärger, als ich die Geldmünze einwarf. Dann nahm ich den vollen Becher.

Als ich zurück in den Festsaal kam, waren schon ein paar der anderen Schüler da, aber ich kannte sie nur vom Sehen. Sie waren alle aus höheren Klassen. Thirsty stand bei ihnen und teilte Notenblätter aus.

„Ah, Leute, das ist Jacob. Er schnuppert ein bisschen bei uns rein und außerdem ist er Ewalds Zweitbesetzung."

Ich winkte ihnen mit meiner freien Hand zu, einige nickten zurück und sagten: „Hi."

Von Marie war nichts zu sehen. Ewald stand auf der

Bühne und bewegte seinen Mund, als würde er von einem riesigen unsichtbaren Apfel abbeißen.

„Dein Tee", sagte ich und reichte ihm von unten den Becher hoch.

„Danke, Jacob. Das ist so lieb von dir."

Ewald setzte den Tee an seine Lippen. Plötzlich schrie er auf und warf ihn im hohen Bogen von sich. „Ahhhh." Mit beiden Händen fasste er sich an den Hals.

„Was ist passiert?", rief Thirsty. Marie kam von der Seitenbühne angelaufen. Sie sah von Ewald zu mir und wieder zu Ewald.

„Ich habe mir den Hals verbrannt", krächzte Ewald und deutete mit dem Finger auf mich. „Der Tee war brennheiß." Er hustete und wimmerte und verzog das Gesicht, als würde er gleich anfangen zu weinen. „Da muss jemand kochendes Wasser dazugegossen haben. Ich kann nicht singen. Nicht so."

„Der Tee ist so aus dem Automaten gekommen. Ich habe nichts dazugegossen, wirklich nicht", sagte ich.

Ewald keuchte, als wäre er einen Marathon gelaufen, und sah mich böse an. „Zuerst will er mich mit der Kulisse erschlagen und jetzt das?"

Hinter mir hörte ich die anderen Schüler wispern und tuscheln.

„Das war sicher keine Absicht", sprang Thirsty für mich ein. Aber er klang nicht mehr sehr überzeugt.

„Mir reicht es", sagte Ewald. „Er will mich aus dem Weg räumen, damit er als Zweitbesetzung meine Rolle bekommt."

„Nein. Wirklich nicht." Ich schaute zu Marie. Sie sah mich mit einer Mischung aus Verwunderung und Enttäuschung an. Ich schüttelte den Kopf, um ihr zu verstehen zu geben, dass ich unschuldig war. Doch sie wandte ihren Blick ab.

„Halt, halt, halt", warf Thirsty ein. „Wir beruhigen uns jetzt alle mal. Jacob, hast du heißes Wasser in Ewalds Tee gegeben?"

„Nein."

„Okay. Dann scheint etwas mit dem Automaten nicht zu stimmen. Ich sehe mir das gleich an, bevor sich noch jemand verletzt. Ihr wartet hier und schaut euch alle schon mal eure Noten an."

Thirsty verließ eilig den Festsaal. Kaum war er weg, ging Ewald laut schimpfend zur Seite ab.

„Marie, ich hab echt nix ...", begann ich, doch mein Erklärungsversuch wurde von einem lauten ‚RUMMS' übertönt. Gefolgt vom schon vertrauten Schrei von Ewald.

Marie flitze über die Bühne in die Richtung, in die er abgegangen war. Im nächsten Moment kam sie mit ihm zurück. Er hatte sich auf ihre Schulter gestützt und humpelte. Unter einem Arm klemmte mein Skateboard.

Ewalds Kinn zitterte. „So. Das ist Jacobs Skateboard. Er hat es so hingestellt, dass ich drüberfalle. Ich hab mir das Bein verstaucht." Ewald deutete auf mich. „So kann ich nicht proben. Unter diesen Umständen trete ich zurück. Jacob, ich hoffe, du bist jetzt zufrieden. Du hast es geschafft. Du wirst als Zweitbesetzung mit Marie das Lied aus ‚Die Schöne und das Biest' singen."

Ich wollte etwas sagen, doch Ewald fuhr mit seiner weinerlichen Stimme dazwischen.

„Ich will jetzt nach Hause. Marie kannst du mir helfen? Da hinten bei den Kulissen steht noch mein Rucksack."

„Sicher. Komm, stütz dich auf mich."

Ich sah mich um. Die Blicke der anderen Schüler ließen keinen Zweifel zu. Hier glaubte niemand an meine Unschuld. Ich versuchte es mit einem verkrampften Lächeln, aber ich erntete nur noch mehr missbilligende Blicke.

Mir blieb keine andere Wahl – ich musste mich bei Ewald entschuldigen. Also ging ich über die Bühne nach hinten. Ewald saß vor den restlichen Kulissenteilen auf einem Stuhl und rieb sich mit schmerzverzerrtem Gesicht sein Bein. Marie reichte ihm eine Wasserflasche aus seinem Rucksack.

„Was willst du hier?", blaffte Ewald mich an.

„Ewald, können wir kurz reden?"

„Ich lasse euch besser mal allein", sagte Marie und nickte Ewald mitfühlend zu. Dann ging sie weg.

„Ich habe nichts getan", sagte ich. „Das mit der Kulisse war ein Unfall, der Tee muss so aus dem Automaten gekommen sein und das Skateboard … ich weiß nicht, wer es dorthin gestellt hat. Ich war es auf jeden Fall nicht. Du glaubst mir wahrscheinlich nicht, aber es tut mir wirklich leid."

Ewald schnaubte ein paar Mal tief durch. Dann lehnte er sich vor, sah Richtung Bühne und dann zu beiden Seiten.

„Ich weiß, dass du nichts gemacht hast", sagte er leise.

„Was?"

„Ja, ich weiß, dass du nichts gemacht hast." Er grinste mich an. Da war es wieder – das Hyänenlachen.

„Aber, ich verstehe nicht ..."

Er bleckte seine Zähne. „Ich werde dir jetzt ein Geheimnis verraten, Winzling. Ich sehe aus wie Justin Bieber, aber meine Stimme klingt nicht wie seine. Ich kann nicht singen. Die ganze Nacht hab ich mir schon überlegt, wie ich aus der Sache rauskomme, ohne mich zu blamieren. Und dann warst du da. Perfekter ging es gar nicht. Maries kleiner eifersüchtiger Freund als meine Zweitbesetzung. Ich hab das Kulissenteil angeschubst, damit es umfällt. Der Tee war gar nicht heiß. Und das Skateboard hab ich dorthin gestellt."

„Aber Marie glaubt jetzt ..."

„Ja, genau. Marie glaubt, du warst das alles. Und das ist das Beste an meinem Plan. Weißt du, wie sehr mich das genervt hat, die ganze Zeit ihr ‚Jacob tut dies', und ‚Jacob sagt das'. Du bist mir schon lang im Weg. Ich will, dass Marie meine Freundin ist. Nur meine. Jetzt hat es sich bei ihr sicher ausgejacobt."

Mir blieb die Spucke weg. Ich konnte kaum glauben, was ich da hörte. Ewald grinste mich weiterhin triumphierend an.

„Ich werde allen sagen, was du gemacht hast. Jeden Tag posten, wie weh mir mein Bein tut. Bis dich die ganze Schule hasst."

„Ich verstehe das nicht. Wieso erzählst du mir das alles?"

Er lachte auf. „Weil dir Winzling sowieso keiner glauben wird. Selbst wenn du verrätst, was ich dir gesagt habe, wird doch nur jeder denken, du bist verrückt und erfindest diese haarsträubende Geschichte. Um gut vor Marie dazustehen, weil du ja so verliebt in sie bist. Aber das wird dir alles nichts nützen. Mann, ich bin so ein Genie."

„Nein, das bist du nicht, Ewald!", sagte Marie. Ich drehte mich zu beiden Seiten, aber sie war nicht zu sehen. Plötzlich trat sie hinter einem der Kulissenteile hervor.

„Was?" Ewald fuhr herum. Er riss seinen Mund auf, aber Maries Anblick schien ihm die Sprache zu verschlagen. Sie hielt nämlich etwas in der Hand. Ihr Handy. Und die Kamera war auf Ewald gerichtet.

„Ich habe mir schon gedacht, dass Jacob nichts gemacht hat. Mir war klar, dass du irgendwas vorhast. Aber, dass du so gemein sein kannst … das hab ich jetzt auf Video. Ich hab dein ganzes Geständnis gefilmt."

Ewald sprang von seinem Stuhl hoch. Sein Bein war plötzlich sehr gesund. Er schlug Marie das Handy aus der Hand, es landete auf dem Boden und zerbrach in Einzelteile.

„Na und? Das nützt euch jetzt gar nichts mehr", fauchte er sie an. Kaum hatte er es ausgesprochen, ertönte aus seinem Rucksack ein ‚Pling-Pling-Pling'-Konzert. Das klang so, als würde er eine Nachricht nach der anderen auf sein Handy bekommen.

„Was ist das?", fragte er verdattert und holte sein Handy heraus.

„Das, Ewald, sind wahrscheinlich die Reaktionen auf das Live-Video, das ich gerade für Facebook gefilmt habe", sagte Marie.

Jedes Bisschen Farbe wich aus seinem Gesicht.

„Du hast ... WAS?"

„Es gepostet. Live. Ist zwar schade um mein Handy, aber es hat trotzdem jeder meiner Freunde gesehen, was du gesagt hast. Und damit es wirklich alle mitbekommen, habe ich das Video öffentlich gestellt. Wahrscheinlich wird es gerade geteilt und geteilt und geteilt ..."

„Du blöde Kuh", heulte Ewald auf. Er schnappte sich seinen Rucksack und lief davon.

„Das war unglaublich", sagte ich zu Marie. Ich konnte gar nicht aufhören zu grinsen. „Danke."

Marie sah mich lange an und mir wurde plötzlich sehr mulmig.

„Hat er recht? Ich meine, dass du verliebt in mich bist?"

Ich nickte. Ihr Lächeln war die beste Antwort.

Und dann küsste ich sie.

Ganz ohne Lied.

Oder Scheinwerferlicht.


Am nächsten Tag gab ich Marie ein Geschenk.

Ich hatte es von meinem zusammengesparten Taschengeld gekauft.

Es war ein neues Handy.

TATJANA KRUSE

# Stegosaurieralarm!

Tick-tock, tick-tock, tick-tock machte die alte Großvater-
uhr auf dem Kaminsims. Sie klang verstimmt. Das Feuer
im Kamin schien dazu im Takt zu knistern.

„Äh … würdest du das bitte nochmal wiederholen, mein
Junge?", sagte Justus Liebling und beugte sich vor, um
Alexander tief in die Augen zu schauen.

Alexander und sein Vater hatten ihn um Hilfe gebeten,
weil er der größte lebende Detektiv war. Nicht aller Zeiten,
nicht auf der ganzen Welt – aber hier, in Bebenhausen.

Justus Liebling war ein bekannter Exzentriker. Er lebte
in einem ehemaligen Bahnwärterhäuschen, kleidete sich
seltsam altmodisch und aß – das beschwor Frau Hermann,
die dreimal die Woche bei ihm zum Saubermachen kam –
nichts außer Vollkornbrot mit Butter und Marmelade und
dazu ein Glas warmer Milch. Morgens, mittags und abends.

Aber als damals der Mann der Postbotin verschwunden war, hatte Justus Liebling ihn gefunden. Ebenso wie den verschwundenen Sparstrumpf der Witwe Wittig. Kurzum, wenn man ein Problem hatte, das man nicht lösen konnte, ging man zu Justus Liebling.

„Ich hab' das nicht erfunden", erklärte Alexander trotzig.

„Ich glaub's dir ja, mein Junge, ich will nur sichergehen, dass ich mich nicht verhört habe, bin ja nicht mehr der Jüngste. Also, was hast du gerade gesagt?"

„Ich habe gesagt, dass der verrückte Professor, der den alten Steinbruch gekauft hat, meine Freundin Kati entführt hat! Sie hat nämlich herausgefunden, dass er die alten Fossilien zum Leben erwecken will. Er züchtet dort Dinosaurier!"

Kurz darauf standen sie am Rande des Steinbruchs und sahen hinunter. Es war ein ungemütlicher Spätnachmittag im Winter, kalt und dunkel. Das einzige Licht flackerte unten, hinter dem Fenster der Villa auf dem Steinbruchgelände, in der Professor Kolberg wohnte.

„Ich hätte Sie mit dieser Sache gar nicht belästigt, aber Alex liegt viel daran. Und Kati ist wirklich ... äh ... verstörend abrupt abgereist. Wir fanden nur eine handgeschriebene Postkarte im Briefkasten", sagte Alexanders Vater. Er legte den Arm fest um seinen Sohn, weil hier – am Rand des Steinbruchs – immer die Gefahr bestand, dass der Boden plötzlich unter einem nachgab. Alexander schüttelte den Arm wieder ab.

Alexanders Freundin Kati war schon erwachsen und wohnte als Untermieterin bei seinen Eltern im Haus. Kati – kurz für Katharina Gerber – war Biologin und hatte sich für den Winter eingemietet, um die Kälte-Resistenz einer Flechten-Art zu studieren, die es nur hier in der Region gab und die zu den langlebigsten Lebensformen der Welt gehörte.

Alexander hatte das sofort fasziniert. Er hatte Kati auf ihren Expeditionen begleitet, wann immer er konnte. Bei ihrem letzten Ausflug musste er aber auf Anweisung seiner Eltern zu Hause bleiben und für einen Mathe-Test lernen. Kati war nicht zurückgekommen. Das war vor zwei Tagen gewesen.

„Haben Sie die Postkarte noch?", fragte Justus Liebling.

Alexanders Vater zog sie aus seiner Manteltasche hervor. Liebling las laut vor: *„Muss weg. Dringende Familienangelegenheit. Meine Sachen hole ich nächsten Monat ab. Danke für alles. K."* Er sah auf. „Erkennen Sie ihre Handschrift?"

Alexanders Vater schüttelte den Kopf.

„Sie wäre nicht einfach so fort. Sie hätte sich auf jeden Fall von mir verabschiedet!", insistierte Alexander. „Und warum hat sie eine unfrankierte Postkarte in den Briefkasten geworfen, anstatt einfach einen Zettel in ihrem Zimmer zu hinterlassen?"

„Katharinas Handy ist ausgeschaltet, auf Mails antwortet sie nicht. Ich habe natürlich die Polizei informiert, aber die nehmen das nicht ernst. Sie habe sich ja für einen Monat abgemeldet, hieß es."

„Kolberg hat sie entführt!", rief Alexander anklagend und zeigefingerte zu der Villa im Steinbruch.

„Was veranlasst dich zu dieser Vermutung?", fragte Justus Liebling und schlug den Kragen hoch, weil der Wind an den Steinbruchklippen besonders eisig pfiff.

„Wir waren vor drei Tagen im Steinbruch. Da arbeitet niemand mehr. Kati wollte Proben von den Flechten nehmen. Auf einmal stürmte dieser Professor aus einem Höhleneingang und brüllte, dass wir sofort verschwinden sollten. Der Zutritt zum Steinbruch sei streng verboten. Es sei sein Privatgrundstück! Dabei hat er total aggressiv mit seinem Gehstock gedroht. Und auf einmal ... auf einmal ..." Alexanders Stimme überschlug sich vor Aufregung. „... auf einmal tauchte hinter ihm in der Höhle ein Schatten auf. Der Schatten eines Stegosaurus!"

Justus Liebling war in seiner Jugend von Dinosauriern fasziniert gewesen. Er konnte sich noch gut an die kompakten Kleinsaurier mit den Stacheln auf dem Rücken erinnern.

Alexanders Vater räusperte sich. „Da hast du dich in deiner Panik ganz sicher geirrt. Schatten sind immer verzerrt."

„Nein, ich weiß, was ich gesehen habe!" Alexander zupfte Liebling am Ärmel. „Ehrlich, es war der Umriss eines Stegosaurus. Kolberg ist richtig ausgeflippt. Und weil er uns wie ein Verrückter von seinem Grund gejagt hat, hat Kati ihre Ausrüstung vergessen. Sie meinte, sie wolle sie am nächsten Tag holen. Das war der Tag, an dem sie verschwunden ist!" Alexander stockte. „Bitte, Herr Liebling, Sie müssen mir

126

glauben. Die Karte ist nicht von Kati. Und womöglich ..." Er stockte.

„Keine Sorge", sagte Justus Liebling, weil er zu wissen glaubte, was der Junge befürchtete. „Stegosaurier sind keine Fleischfresser!"

Ein Zweig knackte unter den Budapestern von Justus Liebling. Er achtete immer sehr auf Stil – zu den edlen Budapester-Schuhen trug er einen mintgrünen Cord-Anzug und einen karierten Duffle-Coat. Nur weil er in geheimer Mission unterwegs war und eine junge Biologin vor einem ungewissen, möglicherweise tödlichen Schicksal retten wollte, hieß das ja noch lange nicht, dass er sich nachlässig in schwarzen Ganzkörperstrick mit Skimaske kleiden musste.

Justus Liebling wartete kurz ab, ob das Knacken des Zweiges gehört worden war – von Professor Kolberg. Oder dem Stegosaurus. Aber es blieb alles still. Nur das Licht flackerte noch im Fenster der Villa.

Allerdings konnte er förmlich den vorwurfsvollen Blick von Alexander in seinem Rücken spüren. Alexander hatte ihn unbedingt begleiten wollen, und das auch gegen die Proteste seines Vater durchgesetzt.

Liebling und Alexander schlichen weiter. Als sie an dem beleuchteten Fenster angelangt waren, lugten sie hinein.

Nichts. Nur ein Kerzenleuchter mit fünf Kerzen auf einem Tisch in der Mitte. Liebling schüttelte den Kopf. Jeder wusste doch, dass man Kerzen niemals unbeaufsichtigt brennen lassen durfte. Wegen der Brandgefahr.

„Sie ist nicht da", konstatierte Alexander flüsternd.

Liebling legte den Finger auf die Lippen.

Sie schlichen um das Haus herum. Alle Fenster waren verschlossen, alle Türen verriegelt. Von der Hinterseite der Villa führte ein Trampelpfad zu einer Höhle, in der man ein ganz schwaches Leuchten ausmachen konnte. Das war bestimmt die Höhle, in der Professor Kolberg seine Experimente durchführte.

Justus Liebling schlich zum Höhleneingang und lauschte. Nichts. Aber die Höhle strahlte definitiv etwas Unheimliches aus.

Alexander schluckte.

„Tapfer ist nicht, wer keine Angst hat. Tapfer ist, wer Angst hat und trotzdem tut, was getan werden muss", sagte Justus Liebling zu ihm. Auch ihm war nicht ganz wohl in seiner Haut, aber eine Freundin war in Gefahr – also los!

Auf Zehenspitzen gingen sie weiter. In der Höhle waren Schienen verlegt. Auf ihnen fuhren früher die Loren, die das abgebaute Gestein ans Tageslicht transportierten. Sie folgten ihnen. Jetzt sahen sie auch, woher das Licht in der Höhle kam: An den Wänden waren in regelmäßigen Abständen brennende Fackeln befestigt.

Und als der Weg nach ein paar hundert Metern plötzlich eine Biegung machte, entdeckten sie – Tusch! – den Professor.

Und Kati.

Sie saß gefesselt und geknebelt an der Wand einer kleinen Seitenhöhle, die der Professor gerade Stein für Stein zumauerte, wobei er diabolisch kicherte. „Hier wird Sie keiner finden, meine Liebe."

Justus Liebling bedeutete Alexander, stehen zu bleiben. Er zeigte auf das Handy in Alexanders Tasche. Alexander verstand. Er betätigte die Videokamera.

Liebling schlich näher. Der Professor war so mit Mauern beschäftigt, dass er nichts merkte. Aber Kati sah ihn kommen und bekam große Augen, verhielt sich jedoch ruhig.

Der Professor mauerte weiter. „Sie hätten mich in meinen Forschungen nicht stören dürfen. Die Welt darf noch nicht davon erfahren. Es tut mir leid um Sie, aber für die Wissenschaft müssen nun einmal Opfer gebracht werden."

Liebling stolperte über einen Stein am Boden. Es machte ein Geräusch, aber Kati, die das rechtzeitig gemerkt hatte, fing genau in diesem Moment an, unter ihrem Knebel laut gurgelnd zu protestieren. Der Professor hörte folglich nur sie, nicht Liebling.

„Ja, ja", sagte er, „mir ist klar, dass das für Sie unschön ist. Sie sind noch jung, hatten noch viel vor mit Ihrem Leben. Aber Sie müssen doch zugeben, dass meine Forschungen wichtiger sind als Ihre Flechten!"

Jetzt gab Kati böse, protestierende Laute von sich.

Nur noch wenige Meter trennten Liebling vom Professor.

Liebling war ohne Plan in die Höhle gegangen. Er glaubte fest daran, dass man sich immer vom Augenblick inspirieren lassen musste. Jeder Moment trägt alles in sich, was man zur Lösung eines Problems braucht. So auch dieser.

Justus Liebling sah zu dem Haufen an Steinen, mit denen

der Professor die kleine Seitenhöhle zumauern wollte. Er würde darauf zustürzen, einen Stein packen und damit den Professor niederschlagen.

Gedacht, getan.

Justus Liebling hechtete nach vorn, packte einen Stein und schlug damit dem Professor an den Kopf. Nicht allzu heftig, nur gerade so fest, dass er kurz ausgeknockt sein würde. Es gelang! Kolberg sackte ächzend zusammen.

Doch gerade, als er sich mit einem triumphierenden Lächeln aufrichtete, sah er ihn: den Schatten an der Höhlenwand. Weit entfernt, aber deutlich zu erkennen. Der Schatten eines Stegosaurus!

Man hörte auch ein dumpfes Brummen. War es dem Professor tatsächlich gelungen, aus fossiler DNA einen Dinosaurier zu erschaffen?

Es galt, keine Zeit zu verlieren. Mit den Füßen trat Liebling die etwa kniehohe Mauer ein, die der Professor schon errichtet hatte. Zum Glück war der Mörtel noch nicht getrocknet, darum ging es leicht. Aber seine Budapester würden dennoch eine Extraschicht Schuhwichse benötigen.

Justus befreite Kati von ihren Fesseln. Den Knebel in ihrem Mund zog sie selbst heraus.

„Kati, alles okay?" Alexander kam angelaufen. „Ich habe mir solche Sorgen gemacht."

„Zurecht. Dieser Professor ist völlig durchgeknallt." Kati richtete sich mühsam auf. „Ich bin nicht verletzt", sagte sie zu Justus, der ihr auf die Beine helfen wollte. „Nur eingerostet, weil ich zwei Tage lang gefesselt war."

Der Professor stöhnte. Der Schatten im Gang kam näher.

„Wir müssen hier weg", warnte Justus und schob Kati und Alexander in Richtung Ausgang. „Und zwar zur Polizei, wo wir Kolberg wegen Freiheitsberaubung anzeigen."

„Nein, erst in die Villa!" Kati stakste noch unbeholfen, aber zügig zum Haus.

„Wie bitte?" Justus wollte sie zurückhalten. „Der Professor kann jeden Moment zu sich kommen. Und wer weiß, was er dann tut? Vielleicht hat er sogar eine Waffe!"

„Die hat er ganz sicher, aber wir müssen erst seine Forschungsunterlagen an uns nehmen." Kati riss sich los. „Der Professor mag wahnsinnig sein, aber seine Arbeit ist eine Sensation, die man der Welt nicht vorenthalten darf!"

Kati zögerte nicht lange. Mit dem rechten Fuß, der in einem Springerstiefel steckte, trat sie die Hintertür zur Villa ein.

Alexander war begeistert, aber Justus zögerte. Er brach sonst nie das Gesetz. Aber es half ja nichts. Seufzend folgte Liebling den beiden.

„Die Polizei sollte seine Forschung sichern", rief er in die Dunkelheit.

Von irgendwoher kam Katis Stimme. „Das dauert zu lange. Diesem Verrückten ist es gelungen, Saurier-DNA zu extrahieren und mit moderner Echsen-DNA zu kombinieren. Wir dürfen keine Sekunde verlieren!"

Nachdem Liebling sich im Dunkeln zwei Mal den Zeh angestoßen hatte, fand er die gesuchten Unterlagen in dem Raum mit dem Kerzenleuchter.

Er tastete nach dem Lichtschalter und betätigte ihn. Jetzt war der Raum taghell beleuchtet, und man sah eine lange Arbeitsbank mit diversen Laborgestellen voller Phiolen und Bunsenbrennern und Glasgefäßen mit blutroten Flüssigkeiten.

Alexander zog einen USB-Stick aus dem Computer neben den Laborgestellen. „Darauf hat er bestimmt seine Arbeit gesichert."

„Sehr gut", lobte Kati. „Schauen Sie sich um", befahl sie Justus. „Sehen Sie noch irgendwo weitere Datenträger? Oder Papiere?" Sie drehte sich zu ihm um.

Liebling hantierte mit seinem altmodischen Handy, einem Uralt-Gerät, mit dem man nichts weiter konnte als Telefonieren und Textnachrichten schreiben. Letzteres tat er gerade. Er wollte Alexanders Vater mitteilen, dass sie Kati gefunden hatten und es ihr gut ging. Und dass er die Polizei verständigen sollte.

„Was machen Sie denn da?", fauchte Kati. „Wir haben Wichtigeres zu tun!"

„Bin sofort fertig", sagte Justus.

Weil die beiden mit sich beschäftigt waren und Alexander gerade in den Tiefen eines Aktenschrankes wühlte, bekamen die drei die Bewegung im dunklen Flur zu spät mit. Etwas huschte an der Tür vorbei.

„Oh Gott, was war das? Ein Velociraptor?" Justus Liebling wirbelte herum. Sollte er sich geirrt haben? Hatte der Professor keinen pflanzen-mümmelnden, friedlichen Stegosaurus geklont, sondern einen hochaggressiven, fleischfressenden Velociraptor?

Rasch sah er sich nach etwas um, womit sie sich vertei-
digen konnten. Es gab aber nichts weiter als den großen
Kerzenleuchter. Ob Velociraptoren sich vor Feuer fürchte-
ten? Justus griff nach dem Leuchter.

Da tauchte der Professor in der Tür auf. Die Wunde an
seiner Stirn blutete. In seinen Augen flackerte der Wahnsinn. In der Hand hielt er ein Fleischermesser.

Kati stellte sich schützend vor Alexander.

„Sie kommen hier nicht lebend weg!", drohte der Professor. „Ajax, fass!"

Die gute Nachricht: Was gleich darauf durch die Tür
stürmte, war kein Velociraptor.

Die schlechte Nachricht: Es war ein riesiger Hund, ein
Dogo Argentino, mit einem Brustgeschirr, auf dessen
Rückenteil große, eiserne Dornen befestigt waren, sodass
der Schatten, den er im Sprung an die Wand warf, sehr an
einen Saurier mit Stacheln erinnerte.

Instinktiv schlug Justus mit dem Leuchter nach dem
zähnefletschenden Hund. Dabei fielen zwei der Kerzen aus
ihrer Halterung und rollten, immer noch brennend, über
den Boden. Die Flammen erfassten den Vorhang neben
dem Fenster, der gleich darauf lichterloh brannte.

Justus hatte Ajax inzwischen mit dem Leuchter an der
Schnauze getroffen. Der Hund winselte.

„Weg hier!", rief Kati, über das Knistern des Feuers
hinweg.

Weil der Professor und der Hund ihnen den Weg zur
Tür versperrten, riss Kati Justus den Kerzenleuchter aus

den Händen und schlug damit kurzerhand die Fenster-
scheibe ein. Sie stieß erst Alexander hinaus und sprang
dann hinterher.

Der Luftzug entfachte das Feuer allerdings noch weiter.
Auf der Arbeitsplatte explodierten aufgrund der Hitze
bereits erste Laborflaschen.

Der Professor stürzte mit dem Messer in der Hand wie
ein Berserker auf Justus zu. Der hatte nun keine Verteidi-
gungswaffe mehr. Was tun?

Er sah zu Boden. Ein persischer Kurzflor-Läufer mit
Herati-Muster. Kurzerhand beugte er sich vor und riss
schwungvoll an dem Teppich. Der Professor verlor buch-
stäblich den Boden unter den Füßen und fiel schwer nach
hinten. Sein Sturz wurde von dem Dogo Argentino auf-
gefangen, der jetzt noch lauter jaulte. Fast tat Liebling der
Kampfhund leid.

Der Rauch im Zimmer nahm eklatant zu. Hustend hievte
sich Liebling aus dem Fenster.

„Wo bleiben Sie denn?", rief Kati.

Sie liefen, was das Zeug hielt, bis zu einem kleinen Weg
oberhalb von der Zufahrtsstraße. Als sich Kati, Alexander
und Justus am Ende des Steinbruchs umdrehten, sahen sie
die Villa in hellen Flammen stehen. Da würde nichts mehr
übrig bleiben.

In diesem Moment donnerte knapp unter ihnen auf der
Straße der Wagen des Professors in einer Staubwolke an
ihnen vorbei. Im Innern sah man nur das Weiße in den
Augen des Professors und die blitzenden Reißzähne des

Hundes. Justus Liebling war froh. Kampfhund hin oder her, es wäre ihm nicht recht gewesen, wenn ein Tier zu Schaden gekommen wäre ...

Alexanders Vater schlug Justus anerkennend auf die Schulter.

„Der Professor konnte zwar fliehen", sagte Kati, „aber wenigstens haben wir den USB-Stick aus seinem Computer. Seine Forschungen werden für die Wissenschaft nicht verloren sein."

„Nur schade, dass es nicht wirklich ein Dinosaurier in der Höhle war." Alexander klang ziemlich enttäuscht.

„Es ist eben alles noch pure Theorie. Aber wer weiß ... in ein paar Jahren ..." Kati lächelte. „Alexander, ich möchte, dass du den USB-Stick behältst. Vielleicht wirst du eines Tages derjenige sein, der Dinosaurier wieder zum Leben erweckt. Aber bitte keine Velociraptoren!"

„Versprochen!" Alexander strahlte.

OSKAR FEIFAR

# Süße Rache

Es war jeden Tag das selbe Spiel. Kaum verließ der Lehrer
nach dem Läuten zur großen Pause die Klasse, erschien dieser Benjamin aus der Nebenklasse mit seinen bescheuerten
Freunden Peter und Heinz, und sie hinderten die Schüler
daran, das Klassenzimmer zu verlassen. Sie drängten sich
hinein und begannen sofort die Anwesenden zu belästigen.
Ein bisschen an den Haaren zupfen hier, leichtes Boxen
da, ein Haufen blöde Sprüche und – das war der tägliche
Höhepunkt dieses Rituals – Pausenbrote klauen.

Niemand wehrte sich gegen die Burschen, die zwei Klassen über ihnen und dementsprechend größer und kräftiger
waren. Auch traute sich niemand zu den Lehrern zu gehen.
Die drei hatten ihnen zwar nur angedeutet, welche Folgen
das haben würde, aber gut hatte sich das nicht angehört.
Deswegen ließen die Kinder diese Dinge über sich ergehen.

Zumal sie natürlich auch wussten, dass der Spuk nach wenigen Minuten vorbei war. Immerhin wollten Benjamin und seine Freunde ja noch genügend Zeit haben, ihre Beute auf dem Schulhof zu verspeisen.

Eines ihrer Lieblingsopfer war ein Junge namens Gerhard. Aber nicht nur, weil er der Kleinste in der Klasse war, sondern auch, weil seine Großmutter eine Konditorei besaß und ihm immer wieder köstliche Mehlspeisen einpackte. Luftige Cremeschnitten, süße Punschkrapfen, saftige Obstkuchen oder manchmal auch knusprige Croissants. Trotz seiner geringen Körpergröße war Gerhard sehr mutig und setzte sich immer wieder zur Wehr. Freilich war er chancenlos und steckte eine Niederlage nach der anderen ein. Benjamin fand es besonders witzig, Gerhard in den alten Schrank zu sperren, der ganz hinten an der Wand stand.

Als Benjamin, Peter und Heinz diesmal wieder in der Klasse auftauchten, um Gerhard seine Jause wegzunehmen, hatte er genug. Er entwand sich Benjamins Griff, trat Heinz kräftig gegen das Schienbein und rannte aus der Klasse. Sein Ziel war das Lehrerzimmer. Er wollte all dem ein Ende setzen. Allerdings schaffte er es nicht bis dahin. Auf Höhe der Toiletten holten die Übeltäter ihn ein, schnappten ihn und zerrten ihn hinein. Wütend versuchte Gerhard erneut vergeblich, sich loszureißen. Eisern hielt Benjamin ihn fest, drückte seinen Kopf unter den Wasserhahn und drehte das kalte Wasser auf. Schreien konnte Gerhard nicht, weil Peter ihm dabei den Mund zuhielt.

Zu Gerhards Glück kamen einige andere Schüler auf

die Toilette und seine Peiniger ließen von ihm ab. Bevor sie ihn aber gehen ließen, sagte Benjamin zu ihm: „Ab morgen bringst du für jeden von uns ein Stück Kuchen mit! Und zwar jeden Tag! Wenn nicht, kannst du was erleben. Und jetzt hau ab, du Kröte!" Den letzten Satz unterstrich er mit einem Tritt in Gerhards Hintern. Erst auf dem Weg zurück zur Klasse bemerkte Gerhard, dass sein Lieblings T-Shirt die Aktion nicht unbeschadet überstanden hatte. Eine Naht war aufgerissen. Oben auf der Schulter, wo es jeder deutlich sehen konnte. Es erfüllte Gerhard mit großem Zorn, dass er sich nicht hatte wehren können. Aber er schämte sich auch, weil man ihm seine Niederlage so deutlich ansah. Klatschnass und mit völlig zerzausten Haaren schlich er wie ein geprügelter Hund über den Flur.

Nach dem Unterricht ging er, wie jeden Tag, direkt zu Großmutter Berta in die Konditorei. Da seine Eltern beide berufstätig waren, kümmerte sich seine Oma darum, dass er etwas zu essen bekam und seine Hausaufgaben machte. Gerhard mochte es, in der Konditorei zu sein, weil er in der Backstube helfen durfte, wenn er mit seinen Hausaufgaben fertig war. Das machte ihm Spaß. Aufmerksam beobachtete er jeden Handgriff seiner Oma und ihrer Angestellten und versuchte, sich alle möglichen Rezepte zu merken. Und darin war er wirklich gut. Mit seinen zwölf Jahren konnte er schon mehr als fünfzig Rezepte auswendig. Eine brotlose Kunst könnte man sagen, wenn Gerhard nicht von dem Wunsch beseelt gewesen wäre, selbst auch Konditor zu werden und eines Tages mit seiner Oma zusammenzuarbeiten. Vor seinen Schulkameraden konnte er mit diesem Wissen allerdings nicht glänzen.

An diesem Tag wollte Gerhard nur seine Ruhe haben. Um zu verhindern, dass seine Großmutter das kaputte T-Shirt bemerkte und Fragen stellte, hatte er seine Jacke nicht ausgezogen und schwitzte deswegen ziemlich stark, während er, traurig und zornig zugleich, beim Tisch hockte und mit der Gabel lustlos auf seine Palatschinken einstach, ohne auch nur einen Bissen davon zu essen. Als Oma Berta ihn fragte, was denn los sei, antwortete Gerhard nicht. Stattdessen biss er die Zähne fest aufeinander und versuchte, seine Tränen zu unterdrücken.

Oma Berta kannte ihren Enkel gut genug, um zu sehen, dass es ihm nicht gut ging. Aber auch gut genug, um zu wissen, dass es keinen Sinn haben würde, ihn zu bedrängen. Deswegen tat sie so, als würde sie mit ihrer Angestellten, sprechen:

„Ganz schön kalt hier drinnen, Maria."

Da Gerhard nicht reagierte, sprach sie weiter:

„Dabei sollte man doch glauben, dass es in einer Backstube schön warm sein muss. Aber nichts da. Der arme Bub muss mit der Jacke beim Essen sitzen. Wir müssen einheizen!"

Maria spielte das Spiel mit: „Ja, Chefin. Müssen wir dann wohl. Ich mach's gleich. Muss nur noch die Sachertorte in den Backofen schieben."

„Die Torte wird warten müssen, Maria. Schau doch, wie

kalt dem Jungen ist. Vielleicht hat er Fieber. Ich gebe ihm wohl besser schnell meinen Arbeitsmantel."

Mit diesen Worten zog sie den Arbeitsmantel aus und ging zu Gerhard, um so zu tun, als lege sie ihn über seine Schultern. Mit einer energischen Handbewegung wischte Gerhard den Mantel weg und murrte:

„Mir ist überhaupt nicht kalt!"

„Natürlich ist dir kalt", gab sich Oma Berta besorgt. „Schließlich hast du bei ungefähr achtundzwanzig Grad deine Jacke an. Das kann nur bedeuten, dass du krank bist!"

„Bin ich nicht!", fauchte Gerhard, öffnete mit einem schnellen Ruck den Reißverschluss und zog, ohne weiter darüber nachzudenken, die Jacke aus. Natürlich sah Oma Berta jetzt die aufgerissene Naht und begriff sofort, dass Gerhards Laune damit zu tun hatte. Ohne weitere Worte ging sie in den ersten Stock, wo sie ihre Wohnung hatte und holte ein frisches T-Shirt für Gerhard und ihr Nähzeug.

„Magst du mir erzählen, was passiert ist?", fragte sie, ohne Gerhard anzusehen, während sie das T-Shirt nähte. Und siehe da, der Junge brach tatsächlich sein Schweigen und redete sich seinen Kummer von der Seele. Bis hin zur Kuchenerpressung. Zu seiner Überraschung reagierte seine Großmutter völlig gelassen und meinte nur:

„Na dann lass uns gleich einmal anfangen, mit Backen. Wenn die Herren Mehlspeisen wollen, dann sollen sie welche bekommen. Ich würde Punschkrapfen vorschlagen. Die sind schön süß und der Boden ist auch schon fertig. Wir brauchen nur noch die Füllung."

Dass seine Großmutter so bereitwillig daranging, Benjamins Forderung umzusetzen, wunderte Gerhard. Oma Berta arbeitete routiniert und zügig. Alles war wie immer. Zumindest bis zu dem Moment, als Gerhard dachte, die Füllung wäre fertig. Da holte Oma Berta nämlich ein Fläschchen aus einem der Schränke. Mit gelblicher Flüssigkeit gefüllt. Und während Gerhard sich fragte, was genau sie da machte, schüttete sie den gesamten Inhalt in die Masse und rührte kräftig. Ganz gegen ihre sonstigen Gewohnheiten kostete sie die Masse allerdings nicht. Als die letzten Tropfen der rosafarbenen Glasur auf das Backwerk tropften, gab Oma Berta ein zufriedenes „Sodala" von sich.

Danach erklärte sie ihrem Enkel, dass er diese Punschkrapfen am nächsten Tag mitnehmen und unbedingt alle an Benjamin und Co. übergeben sollte. „An sonst niemanden!", schärfte sie ihm ein.

Am nächsten Tag war dann alles wie immer. Oder besser gesagt fast alles. Zu Beginn der großen Pause betraten seine Peiniger das Klassenzimmer. Allerdings ließen sie die anderen Schüler völlig außer Acht und gingen direkt auf ihn zu. „Hast du unsere Mehlspeisen dabei?", grollte Benjamin und packte Gerhard am Kragen. „Lass mich los, dann bekommt ihr sie", antwortete der und griff nach seiner Schultasche. Er holte die Plastikdose heraus und nahm den Deckel ab. Den drei Burschen lief beim Anblick der glänzenden rosa Punschkrapfen das Wasser im Mund zusammen.

Doch bevor sie die Dose schnappen und sich aus dem Staub machen konnten, kam die Klassenlehrerin, Frau

Specht, herein und ertappte Benjamin, der Gerhard immer noch am Kragen gepackt hielt in flagranti. Sofort ging sie auf die Jungen zu. Benjamin bemerkte sie und ließ Gerhard los. Als Frau Specht gerade fragen wollte, was los war, erblickte sie die Dose mit der Mehlspeise und bekam große Augen. „Oh! Ich liebe Punschkrapfen!", flötete Frau Specht. „Darf ich mir einen nehmen?" Ohne eine Antwort abzuwarten, griff sie zu und biss herzhaft hinein. Darüber vergaß sie, was sie eigentlich gewollt hatte. Benjamin nutzte frech die Gelegenheit, nahm Gerhard die Dose aus der Hand, bedankte sich lautstark und zog mit seinen Freunden ab. Gerhard, der nicht so genau wusste, was Oma Berta da in die Punschkrapfen gemischt hatte, blieb mit besorgter Miene zurück.

Als die Pause zu Ende war, kam Frau Specht wieder in die Klasse, um ihre Mathematikstunde abzuhalten. Aber schon nach wenigen Unterrichtsminuten wurde sie zunehmend unruhig. Ihr Bauch gluckste ziemlich laut und sie schien Schmerzen zu haben. Was wie normale Blähungen begann, spitzte sich mehr und mehr zu, bis Frau Specht laut furzen musste. Die Kinder quittierten das mit lautem Gelächter. Frau Specht aber trat den Rückzug Richtung Toilette an. Auf halbem Weg begegnete sie Benjamin und Heinz, die es ebenfalls sehr eilig zu haben schienen, aufs Klo zu kommen. Ihr Freund Peter, der mit einem großen, braunen Fleck auf dem Hinterteil seiner Hose aus seiner Klasse gestürmt kam, hatte es offenbar nicht rechtzeitig geschafft. Hinter ihm öffnete sich die Tür und die Klassenkameraden der drei strömten brüllend vor Lachen auf den Flur, um zu sehen, was da geschah. Die dreisten drei waren nämlich auch in ihrer Klasse überaus unbeliebt, wenn nicht gar gefürchtet.

Um es kurz zu machen: Frau Specht war die Einzige, die es rechtzeitig auf die Toilette schaffte. Wahrscheinlich, weil sie weniger von den Punschkrapfen gegessen hatte als die drei Jungs. Die kamen nicht so glimpflich davon. Natürlich war Frau Specht schnell klar, woher der plötzliche Durchfall gekommen war und sie stellte Gerhard zur Rede. Der zog es vor, sich dumm zu stellen. Deswegen lud Frau Specht seine Eltern vor, die ihrerseits Oma Berta schickten, die mit großem Bedauern erklärte, dass ihr Enkel völlig unschuldig sei. Ihr sei, so behauptete sie mit treuherzigem Augenaufschlag, völlig unbeabsichtigt ein Schuss Rizinusöl in die Masse geraten.

Ein gröberes Nachspiel blieb Gerhard damit erspart. Benjamin, Peter und Heinz kamen nach diesem Tag jedenfalls nie wieder in seine Klasse, um irgendjemandes Pausenbrot zu klauen.

MARK FAHNERT

# Antonia Loretti

Das Telefon klingelte. Die Kommissarin hob ab.

„Kripo Köln. Loretti. Was kann ich für Sie tun?"

Antonia klemmte eine Strähne ihres ebenholzfarbenen Haars hinters Ohr. Lauschte konzentriert. Zog die Augenbrauen zusammen. Sie notierte eine Adresse.

„Ich komme sofort." Antonia legte auf.

Sie starrte zur Uhr. *Verdammter Mist. Warum muss so was immer kurz vor Feierabend kommen?* Antonia griff zur kurzen Lederjacke, die über der Stuhllehne hing. Sie lief den Flur entlang. Menschenleer. *Warum bin ich nicht auch ein paar Minuten früher gegangen?* Antonia presste die Lippen aufeinander. Sie hatte sich mit ein paar Freundinnen zum Onlinezocken verabredet. *Daraus wird wohl nichts.*

Sie hatte den Ausgang zum Parkplatz fast erreicht. Plötzlich öffnete sich die Tür zum Schreibraum.

Antonia sprang zur Seite. „Pass doch auf!"

Ulf Freisewinkel hielt das Türblatt fest, als wäre es ein Schutzschild. Ihm lief der Schweiß über die Stirn. Antonia wunderte sich immer wieder, dass es Uniformhemden in Ulfs Größe gab. Seine Bauchkugel drückte so fest gegen den hellblauen Stoff, dass sie fürchten musste, von einem abgeplatzten Knopf getroffen zu werden. „Tut mir leid, Toni." Ulf wischte sich den Schweiß von der Stirn. „Ich hab gehofft, dass du noch da bist."

„Und ich bin jetzt weg." Antonia schaute auf die Armbanduhr. *Ich habe keine Zeit.*

„Du musst mir helfen. Bitte."

Sie musterte den Uniformierten. „Bin ich bei der Streifenpolizei oder was? Ich habe Wichtigeres zu tun."

„Komm schon." Ulf schaute sie an, als wäre er ein Dackel. *Mist. Das zieht immer.* „Was ist denn?"

„Ich hab Johannes Meier festgenommen. Der sitzt da drin." Ulf deutete mit dem Daumen in Richtung Schreibraum.

„Schön für dich. Was hat das mit mir zu tun?"

„Der Chef will ein Geständnis, dass Johannes Eddy Eagle ist. Aber mir erzählt der Sack nix. Du bist doch bei der Kripo."

*Eddy Eagle?* Antonia kramte in ihren Erinnerungen. *Das ist doch der Typ, der Drogen an Schulen verkauft.* Sie schaute wieder auf die Armbanduhr. Ihr lief die Zeit davon. *Aber andererseits …*

„Ach. Was soll's". Auf Antonia wartete eh niemand zu

Hause. Ein paar Überstunden hier. Ein paar Überstunden da. Da kam schon was zusammen.

„Du hilfst mir?" Ulfs Gesicht entspannte sich.

„Was hat Johannes bisher ausgesagt?"

„Nur wirres Zeug. Unschuldig und so."

Antonia drückte sich an Ulf vorbei, was angesichts seiner Leibesfülle kein leichtes Unterfangen war. Johannes war ein muskelbepackter Hüne. Er fläzte sich auf einem Holzstuhl. Johannes blickte auf. Er verzog das Gesicht mit einem breiten Grinsen. „Da bekomme ich heute aber was geboten."

„Hallo Johannes." Antonia setzte sich ihm gegenüber hin.

„Mann, echt. Erst verhört mich Dick und Doof und jetzt die Eisprinzessin. Kann ich mich auf völlig unverfrorene Fragen gefasst machen?"

„Hör auf mit dem Quatsch. Es ist ernst." Antonia merkte, wie ihr der Ärger das Rückgrat hochkroch.

„Darf ich dich Elsa nennen?"

*Jetzt reicht es!* Antonia schlug ihre Hände auf den Schreibtisch. Johannes zuckte zusammen.

„Das ist kein Spaß. Du bist Eddy Eagle. Gib es zu."

„Wie kommst du denn da drauf?" Johannes verschränkte die Arme. Antonia beobachtete das Muskelspiel. Am Bizeps trug Johannes ein Adler-Tattoo.

„Intuition." Antonia zuckte mit den Achseln.

„Ich bin unschuldig."

„Und ich bin Batman." Antonia beugte sich vor. Sie blickte Johannes fest in die Augen. *Da ist doch was.* Sie beugte sich näher heran.

146

„Willst du mich küssen oder was?" Johannes wich zurück.

„Du hast da was in der Nase. Sieht aus wie ein Heroinbubble."

„Ein was? Nein." Johannes umklammerte die Nase. „Da ist nichts."

„Doch. Ziemlich groß sogar."

„Wenn, dann ist das ein Mümmes."

„Ein was?" Antonia legte die Stirn in Falten.

„Popel. So was hat man schon mal in der Nase."

„Ich habe noch nie einen so großen Popel gesehen. Das muss ein Heroinbubble sein."

Johannes schüttelte den Kopf. „Ich bin doch nicht so blöd und bringe zu einem Verhör Drogen mit."

„Rausholen." Antonias Befehl klang wie ein Peitschenhieb.

„Was?"

„Eine einfache Bitte. Hol es raus. Pronto."

„Wie Sie meinen." Johannes hielt sich mit dem Daumen ein Nasenloch zu. Holte tief Luft. Schnäuzte. Ein fingerkuppengroßes Glibberding klatschte auf die Tischplatte. Es blieb sofort kleben. Dünne Schleimfädchen glitzerten im Licht der Neonröhre.

Antonia beugte sich zu dem Ding herunter. Beinahe stieß sie mit Johannes zusammen, der sich nach vorne gebeugt hatte.

„Das ist ein Bubble", stellte Antonia trocken fest.

„Das ist ein Mümmes", konterte Johannes.

„So ein riesen Ding? Niemals." Antonia schüttelte den Kopf. „Das ist ein Bubble."

„Ich habe mit Drogen nix am Hut. Es ist ein Mümmes."

„Lassen Sie mich mal." Ulf drängte sich zwischen Antonia und Johannes. Er zückte ein Taschenmesser.

„Was wollen Sie denn damit?", fragte Johannes.

„Das Ding aufschneiden."

„Ne. Ehrlich. Ihr seid echt schräge Bullen. Noch eine Gabel dazu?"

Ulf klemmte die Zungenspitze zwischen die Lippen. Schloss ein Auge. Zielte mit der Klinge auf die Mitte. Schnitt. Er verzog angewidert das Gesicht. Das Glibberding bestand aus fest gewordenem Nasenschleim.

„Hab ich doch gesagt. Ein Mümmes." Johannes lachte.

Ulf schüttelte verzweifelt das Messer. Die beiden Popelhälften klebten an der Klinge. Doch dann lösten sie sich, flogen quer durch den Raum. Richtung Tür, die sich gerade öffnete. Die Popelhälften klatschten Carl Peters aufs blütenweiße Hemd.

„Hallo Chef." Ulf versteckte das Messer hinterm Rücken.

„Was war das?" Peters blickte an sich herunter.

„Was war was?" Ulf setzte wieder seinen Dackelblick auf.

„Da ist doch gerade etwas geflogen."

„Ganz sicher nicht, Chef. Hast du was gesehen, Toni?"

Antonia schüttelte den Kopf.

„Haben Sie etwas gesehen, Johannes?"

„Ihr seid echt schräg. Ohne meinen Anwalt sage ich nix."

Peters schaute immer noch an sich herunter. Anscheinend hatte er die Popelhälften auf seinem Hemd entdeckt. Er knibbelte daran herum, bis sie nur noch zwei verschmierte

Flecken waren. „Was machen Sie eigentlich hier, Frau Loretti? Sie haben doch einen anderen Auftrag."

„Ich wollte Ulf helfen."

„Scheint so, als hätte das Frettchen trotzdem nicht gestanden."

„Hey. Ich bin anwesend. Mein Name ich Johannes."

Peters betrat den Schreibraum. Nun konnte Antonia sehen, dass sein blütenweißes Hemd doch nicht so rein war. Unter den Achseln war es gelb verfärbt.

Er roch wie eine vergammelte Orange.

Antonia wich zurück. Peters stellte sich neben den Tisch. Antonia hielt die Luft an.

„Zeigen Sie mal, was Sie können." Er starrte Antonia an.

„Und jetzt?", fragte Johannes. Sein Blick wechselte von Peters zu Antonia.

Antonia atmete tief ein. „Sie sind Eddy Eagle. Du bist derzeit der gefürchtetste Drogendealer weit und breit. Gestehe. Das macht beim Richter sicher einen besseren Eindruck."

„Ist das deine Taktik? Mich totquatschen?"

„Ich sorge dafür, dass du in einem dunklen Loch inhaftiert wirst. Da wirst du schon weich."

Johannes lachte kurz. Es hörte sich an, als würden seine Stimmbänder über ein Reibeisen gezogen. „Ich war in der JVA Finsterwalde. Dunkler und rauer geht es nicht. Das macht mir keine Angst."

„Na gut." Antonia stemmte die Arme in die Hüften. „Dann wollen wir mal sehen, was Billy dazu sagt."

„Billy?" Johannes Gesichtszüge schienen zu gefrieren. „Der hat damit nichts zu tun."

„Aber vielleicht weiß der, wer Eddy Eagle ist."

„Lass Billy aus dem Spiel."

„Wenn du willst, dass der Richtige im Gefängnis sitzt, dann gestehe."

„Billy hält das nicht aus. Hör auf damit."

„Deine Entscheidung. Er oder du."

Johannes' Mundwinkel bebten. Er schniefte.

„Gestehe, verdammt." Antonia schrie Johannes an. „Oder ich sorge dafür, dass du deinen Teddy nie, nie wiedersiehst."

„Nein. Nicht meinen Teddy. Ich will meinen Billy."

Johannes vergrub den Kopf in der Armbeuge. Er heulte.

*Jetzt habe ich ihn.* Sie musste ein Grinsen unterdrücken.

„Wer ist Eddy Eagle?"

„Ich. Ich bin der, den Sie suchen."

Peters klopfte Antonia auf die Schulter. „Warum nicht gleich so? Und jetzt hopp. Sie haben einen Einsatz, Frau Loretti."

Den Toten hatte Antonia fast vergessen.


Ulf hatte unbedingt mitkommen wollen. Als Ausgleich für ihre Hilfe bei dem Verhör. Antonia war das nicht recht. Sie arbeitete lieber alleine. Aber Ulf hatte nicht lockergelassen. Nun saß er neben ihr im Zivilwagen. Mittlerweile hatte es zu regnen begonnen. Dickte Tropfen trommelten auf das Blechdach. Am Horizont zogen noch dunklere Wolken auf.

„Ich kann es immer noch nicht glauben, dass er ermordet wurde. Die Welt hat wieder einen großen Entertainer verloren. Ein Verlust für die Ewigkeit."

„Jetzt mach mal halblang, Ulf. Ich kann mich an keinen Film mit Pierre Kilinski erinnern."

„Was?" Ulf riss die Augen auf. „Du kennst ›Wenn der Himmel weint‹ nicht? Ein wunderbarer Streifen."

„Hört sich wie Rosemunde Pilcher an. Nur ohne die weißen Klippen von Dover."

„Du bist eine Banausin. Aber du kennst sicher das hammerharte Wissensquiz im Ersten. Das hat der zum Schluss moderiert."

Antonia schüttelte den Kopf. „Wir sind da."

Sie hielt vor einem frei stehenden Einfamilienhaus. Ein schwarzer Metallzaun säumte den gepflegten Garten. Gekieste Einfahrt. Akkurat geschnittene Rosen. Heckenskulpturen. Irgendwelche Fabeltiere. *Im nächsten Leben werde ich auch Schauspielerin. Da hat man entweder genug Zeit oder genug Geld.* Antonia stieg aus. Sie ging an den Streifenwagen vorbei, die mit eingeschaltetem Blaulicht auf dem Grundstück standen.

*Verdammter Regen.* Sie schlug den Kragen der Lederjacke hoch. Dann hatte sie das Vordach erreicht. Die Haustür stand einen Spalt geöffnet. Dahinter lag ein spartanisch eingerichteter Flur.

„Na endlich. Die Kavallerie." Ein Streifenpolizist trat aus der Küche heraus.

Antonia steckte die Hände in die Jackentaschen. „Was ist hier passiert?"

„Oben liegt ein Toter. Kopfschuss."

„Pierre Kilinski. Der Schauspieler?"

Der Polizist nickte knapp. „Es gab einen Notruf. Die Nachbarn hatten einen Schuss gehört. Wir standen um die Ecke. Waren also schnell da. Die Haustür stand sperrangelweit auf. Sind dann sofort rein."

„Dann wollen wir mal." Antonia kramte hellblaue Einweghandschuhe aus der Hosentasche. Sie zog sie über, während sie die Treppe hochstieg. Der Tote saß im Arbeitszimmer auf dem Bürostuhl. Sah aus, als würde er schlafen. Nur das kleine Einschussloch mitten in der Stirn verriet, dass hier etwas nicht stimmte. Antonia sah eine Pistole auf dem Schreibtisch liegen. Daneben ein Zettel. Krakelige Handschrift. Antonia las.

*„Ich liebe euch alle. Deswegen gehe ich."*

*Ein Abschiedsbrief? Wie kitschig.* Antonia suchte den Raum ab. Mehrere Bücherschränke voll mit Blu-Rays. Ein Ständer mit Musik-CDs. *Volksmusik.* Antonia schüttelte sich. *Wie gruselig.* Ansonsten war alles aufgeräumt. Nichts deutete auf einen Streit hin. Nichts auf einen Kampf.

„Könnte wirklich Selbstmord gewesen sein", sagte Antonia zu Ulf, der mittlerweile schnaubend im Türrahmen stand.

„Was?" Ulf kratzte sich an der Stirn.

„Selbstmord. Es gibt einen Abschiedsbrief. Nichts deutet auf einen Streit hin. Die Pistole liegt noch hier."

„Dann sind wir ja fertig." Ulfs Magen knurrte. „Komm, lass uns was essen gehen."

„Aber warum liegt die Pistole auf dem Tisch?"

„Was meinst du?"

„Wenn ich mich erschieße ..." Antonia formte die Hand zu einer Fingerpistole, hielt sie sich an die Stirn. Drückte ab.

„Ich brauche dringend was zum Essen." Ulfs Stimme klang verzweifelt.

„Dann fällt die Waffe doch zu Boden. Ich habe doch keine Zeit mehr, die sorgfältig auf den Tisch zu legen."

„Wie wäre es mit einem Taxiteller? Gyros. Currywurst. Pommes. Majo. Gereicht mit einem Klecks Zaziki."

„Warum steht die Haustür offen? Das macht doch keinen Sinn, oder?"

„Bei Danys ist der Gyros am besten."

„Jetzt hör aber mal auf, Ulf. Wir haben hier eine Leiche ..."

„Der hat Selbstmord begangen. Das sieht ein Blinder mit Krückstock."

„Das ist mir zu einfach."

„Und außerdem hast du gleich einen zweiten Toten, wenn ich nicht bald etwas zwischen die Kiemen kriege."

„So schnell verhungert man schon nicht." Antonia schenkte Ulf einen abschätzigen Blick. *Und außerdem hast du genug in Reserve.*

„Ich meine nicht mich. Wenn ich Hunger habe, werde ich zum Tier. Ich brauche nur die Pistole zu ..."

„Schon gut." Antonia hob abwehrend die Hände. „Du hast mich überredet."

Ulf strahlte. „Ich wusste, dass man mit dir arbeiten kann."

Von unten waren plötzlich Stimmen zu hören. Im Flur standen der Streifenpolizist und ein kleiner Mann. Er trug einen knöchellangen Mantel. Wirkte dadurch noch kleiner.

„Sie können da nicht hoch", sagte der Streifenpolizist.

Der Mann verschränkte die Arme. „Ich habe aber einen Termin und bin schon spät dran. Es ist wichtig."

„Wer sind Sie überhaupt?"

Der kleine Mann stellte sich auf die Zehenspitzen. „Wer ich bin? Wer ich bin? Das ist kaum zu glauben. Sie kennen mich nicht?"

„Sonst würde ich nicht fragen."

„Mein Name ist Trappatino. Quentin Trappatino. DER Regisseur unzähliger Blockbuster."

„Der hat ›Wenn der Himmel weint‹ gemacht", flüsterte Ulf Antonia zu. „Ein Genius. Seiner Zeit voraus."

*Fritz Lang war seiner Zeit voraus*, schoss es Antonia durch den Kopf. *Der da ist eine Witzfigur.*

Sie stellte sich neben den Streifenpolizisten. „Ich übernehme mal."

Der Polizist nickte knapp. In seinem Blick lag so etwas wie Dankbarkeit. Dankbarkeit dafür, den Spinner los zu sein.

„Und wer sind Sie?", wollte Trappatino wissen.

„Die Ermittlungsführerin."

Der Regisseur blies die Wangen auf. „Ist was passiert?"

„Nein." Antonia schüttelte den Kopf. „Die vielen Polizisten sind aus Spaß hier."

„So werden also unsere Steuergelder verschwendet."

*Der ist wirklich seiner Zeit voraus. In der Zukunft regieren die Idioten.*

„Sie hatten einen Termin?"

„Vor zwei Stunden. Ich stand im Stau."

Antonia holte ihr Notizbuch hervor. „Um was wäre es gegangen?"

„Um was wohl. Ein neuer Film. Vollkommen genial."

„Ein neuer Film?"

„Ich wollte mit Pierre die Einzelheiten besprechen." Der Regisseur stutzte. Es sah so aus, als wäre ihm was eingefallen. „Sie sind nicht wirklich zum Spaß hier, oder?"

*Blitzmerker.* „Was für ein Film wäre das denn gewesen?"

„Warum wollen Sie das wissen?"

Antonia legte den Kopf schief. „Reines Interesse."

„Na gut. Das Drehbuch handelt vom mexikanischen Gitarrenspieler Gabriel Garcia de Marques de los Muertos, der eigentlich John Bob Mayors heißt, aus Texas stammt und wirklich alles kann. Außer Gitarre spielen."

„Und das hat Pierre nicht gefallen, oder?"

„Wie kommen Sie denn da drauf? Er kennt das nicht einmal. Zur Erinnerung. Ich habe den Termin gleich erst."

„Sie haben sich gestritten."

„Das schlägt dem Fass den Boden aus. Was soll das?" Der Regisseur stampfte auf. Wirkte dabei wie Rumpelstilzchen.

„Pierre Kilinski ist tot."

Trappatino erstarrte. „Er ist was?"

„Dahingeschieden. Tot. Schaut sich bald die Radieschen von unten an. Wurmfutter."

„Ich bin erledigt. Vollkommen erledigt. Das Drehbuch war ihm auf den Leib geschnitten." Trappatino schlug die Hände vors Gesicht.

„Pierre war die Traumbesetzung?"

„Er konnte keine Gitarre spielen."

„Verstehe. Sonst können das alle anderen?"

Trappatino nickte. „Jeder bringt doch jetzt eine CD raus."

„Dann müssen Sie sich jetzt einen neuen Schauspieler suchen. Kilinski ist aus biologischer Sicht verhindert."

Antonia steckte das Notizbuch weg. Ulf stand schon an der Haustür und rieb sich den Bauch. Die Vorfreude auf den Taxiteller war ihm sichtlich ins Gesicht geschrieben.

„Wissen Sie schon, wer Pierre erschossen hat?"

Antonia blieb abrupt stehen. *Was hat der gesagt?* Sie wirbelte herum. Trappatoni, oder wie immer der hieß, stand da wie ein Unschuldslamm. Hände vor dem Kopf gefaltet. Den Blick gesenkt.

„Sie haben ihn erschossen."

„Nein ... das ist nicht wahr."

„Sie waren pünktlich. Sie haben mit Pierre Kilinski gesprochen. Er fand ihre Idee mies. Ein mexikanischer Gitarrenspieler. Mal ehrlich."

Trappatoni trat von einem Fuß auf den anderen. Er wankte. Sackte beinahe zusammen.

„Sie sind wirklich erledigt." Antonia setzte nach. „Sie sind ein mieser kleiner Mörder."

„Ja ... Ja ... Gottverdammt. Der blöde Sack hat mich

abgewiesen. Er meinte, dass er Gitarre spielen könnte."

„Und dann haben Sie die Pistole gezogen?"

„Die lag da. Ich wollte ihn nicht erschießen." Trappatoni lehnte sich gegen die Wand. „Aber wie sind Sie darauf
gekommen, dass ich es war?

Antonia tippte sich gegen die Nasenspitze. „Intuition."

## Beate & Jeff Maxian

Beate Maxian ist eine erfolgreiche
österreichische Schriftstellerin. Sie arbeitet
literarisch auch gerne mit Jugendlichen, z.B. als
Referentin der OÖ Talenteakademie. Gemeinsam
mit ihrem Mann Jeff Maxian hat sie das Krimi
Literatur Festival.at ins Leben gerufen. Er ist Autor
von Kurzgeschichten und Musiker. Hat früher als
Musikagent mit allen berühmten Popmusikern
zusammen gearbeitet. **www.maxian.at**

## Theresa und Josef Prammer

Theresa und Joseph Prammer haben sich
in der Schauspielschule kennengelernt.
Seit damals sind sie ein eingespieltes
Team. In ihrem eigenen Sommertheater
stehen sie jedes Jahr gemeinsam auf der
Bühne. Und manchmal schreiben sie auch
miteinander.

**www.theresaprammer.com**

**www.josephprammer.com**

Fotos:
©Janine Guldener

## Elke Pistor

Elke Pistor ist 50 Jahre alt und lebt mit ihrer Familie und drei Katzen
in Köln. Vielleicht ist das auch der Grund, warum sie neben den
Kriminalromanen für Erwachsene auch Katzenbücher schreibt. Bei der
Geschichte für dieses Buch hatte sie die tatkräftige Unterstützung ihrer
jüngsten Tochter, die der Mutter erst mal erklärt hat, was es denn mit
Video-Day, Tuber-Days und YouTube-Conventions alles
so auf sich hat. **www.elkepistor.de**

# Andreas Gruber

Andreas Gruber ist 49 Jahre alt, lebt mit seiner Familie
und fünf Katzen in Niederösterreich. Er mag Hörspiele,
am liebsten beim Waldspaziergang mit Kopfhörern,
liest viel, spielte früher in einer Hard Rock Band,
schreibt aber jetzt hauptberuflich grausame Thriller.
In Wirklichkeit ist er aber ein total netter Mensch,
denn manchmal schreibt er auch Jugendstorys. **www.agruber.com**

©Fotowerk aichner

# Mark Fahnert

Mark Fahnert (Jahrgang 1973) ist seit
vielen Jahren in Deutschland Kriminalbeamter. Er hat viel Schönes und auch
Schlimmes gesehen.
Das Schreiben
ist seit der Jugend seine Leidenschaft.
Er hat schon mehrere Texte veröffent-
licht und arbeitet zur Zeit an…
das wollen wir hier noch nicht verraten!

# Oskar Feifar

1967 in Wien geboren, verbrachte der Autor den größten
Teil seiner Jugend in der Großstadt, bevor seine Familie
ins niederösterreichische Weinviertel übersiedelte. Das
packende Landleben trieb ihn dazu, eine Kellnerlehre
zu absolvieren und in die Welt hinauszuziehen. 1995
ging der Autor zur Exekutive, wo er bis heute, in seiner
Wahlheimat Salzburg, als Kriminalbeamter tätig ist.

## Tatjana Kruse

Tatjana Kruse stammt aus Süddeutschland; ist
alt, sehr alt, schreibt deswegen so gern über Dinosaurier, weil sie selbst noch aus der Zeit stammt;
lebt vom Krimischreiben; liebt Bücher, Filme,
Hunde aller Art und nächtliche Spaziergänge
zum Kühlschrank (Griesbrei ist ihre Achillesferse).
Mehr unter . **www.tatjanakruse.de**

## Michael Gerwien

Michael Gerwien lebt in München.
Er ist Autor und Musiker.

Er schreibt Kriminalromane,
Thriller, Kurzgeschichten.
Von spannend bis humorvoll.

**www.mgerwien.com**

## Erich Weidinger

Erich Weidinger ist am Attersee aufgewachsen
(Sternzeichen Fisch). Er schreibt für jedes
Alter, am liebsten lustig und spannend.
Ständig sausen in seinem Kopf mindestens
drei Buchprojekte herum. Er ist sehr gerne
mit Lesungen in den Schulen unterwegs.
**www.erich-weidinger.at**